Menander, Komödiendichter in Athen, vermeint in der Darstellung einer Blumenbinderin auf einem Gemälde sein Frauenideal zu erkennen. Wenig später lernt er das Modell persönlich kennen; Glycerion – so der Name des Mädchens – und Menander verlieben sich ineinander und werden ein Paar. Doch Menander kann auch den Reizen anderer Schönheiten nicht widerstehen ...

Christoph Martin Wieland schrieb diesen Roman, »eine der schönsten Liebesgeschichten in deutscher Sprache« (Jan Philipp Reemtsma), mit 70 Jahren auf seinem Gut Oßmannstedt bei Weimar. Im Gewand der Antike reflektiert er auf überraschend moderne Weise den Kampf der Geschlechter.

insel taschenbuch 2421

C. M. Wieland

Menander und Glycerion

Christoph Martin Wieland

Menander und Glycerion

Ein Liebesroman in Briefen

Mit einem Nachwort
von Jan Philipp Reemtsma

Insel Verlag

insel taschenbuch 2421
Erste Auflage 2002

Hinweise zu dieser Ausgabe am Schluß des Bandes
Vertrieb durch den Suhrkamp Taschenbuch Verlag
Umschlag nach Entwürfen von Willy Fleckhaus
Druck: Friedrich Pustet, Regensburg
Printed in Germany

1 2 3 4 5 6 – 07 06 05 04 03 02

Menander und Glycerion.

Geschrieben im Jahre 1803.

Vorbericht.

Die *Glycera* oder *Glycerion* dieser Briefe ist eine ganz andere, als die Glycera des *Athenäus*, welcher selbst zu vermuthen scheint, daß es mehr als Eine berühmte Schöne dieses Nahmens gegeben habe. Die unsrige ist wenigstens zwanzig Jahre jünger, und mit der Stephanopolis oder Stephanoplokos (Kränzehändlerin oder Kränzeflechterin) des Mahlers *Pausias*, deren der ältere *Plinius* erwähnt, und mit der Glycera, welche *Alciphron* einen so schönen Brief an Menandern schreiben läßt, daß man ihn für ächt halten möchte, eine und ebendieselbe Person.

In dem *Menander*, den uns diese Briefe darstellen, werden griechischgelehrte Leser (wenn sie anders solchen Lesern in die Hände fallen sollten) alle die Züge wieder finden, die von dem Karakter des berühmten komischen

Dichters dieses Nahmens theils aus den übrig gebliebenen Trümmern seiner Werke, nicht ohne eine Art von Divinazion, errathen oder geahnet werden können, theils von dem Herausgeber derselben, *Le Clerc*, aus alten Schriftstellern zusammengetragen worden sind.

Die sechs Jahre, worin diese Briefe geschrieben sein sollen, fallen zwischen die 116te und 117te Olympiade, in eine Zeit, wo Athen, die glänzende aber stürmische *politische* Rolle, die es 150 Jahre lang gespielt hatte, und die stolzen Ansprüche an die höchste Gewalt in Griechenland, aufzugeben genöthigt, an dem edlern Vorzug, die Pflegerin der Philosophie und der Musenkünste zu sein, sich allmählich begnügen lernte.

Daß es übrigens bei einem Sittengemählde, wie das vorliegende, um *innere* Wahrheit, um Verbindung aller Theile zu Einem harmonischen Ganzen, um Übereinstimmung der Personen mit sich selbst und dem Geist ihrer Zeit, und um eine, zwar nicht ängstliche, aber doch zu einem gewissen Grade von Täuschung unentbehrliche Beobachtung des *Kostums* und andrer *karakteristischer* Umstände mehr, als um strenge historische und chronologische Wahrheit zu thun sei, bedarf wohl kaum erinnert zu werden.

I.

Menander an Dinias.

Du beschuldigest mich der Unempfindlichkeit gegen die Reitze des Geschlechts, dem Götter und Menschen huldigen; ich sei ein wahrer *Weiberfeind*, sagst du, ein Verwegner, der Amorn und seiner Mutter Trotz biete, mit Einem Wort, ein zweiter *Hippolytus*; und du zitterst in meinem Nahmen vor der Gefahr, die dein leichtsinniger Freund wenig zu achten scheint, wie jener Sohn der *Amazone*, ein klägliches Opfer der Rache dieser so leicht zürnenden Götter zu werden. Du thust mir großes Unrecht, lieber Dinias, und zitterst ohne Noth für mich; denn wie sehr auch der Schein gegen mich zeugen mag, ich bin eher alles andere als gefühllos gegen die Reitze unsrer Schönen. Seit meinem vierzehnten oder funfzehnten Jahre sah ich keine *Pan-*

athenäen noch *Eleusinien*, wo ich mich nicht entweder in goldgelbes oder rabenschwarzes Haar, in einen milchweissen Nacken, oder in die runden Lilienarme und zierlichen Knöchel dieser oder jener jungen *Korbträgerin* verliebt hätte. Daß solche Liebesflämmchen eben so schnell wieder verfackelten, als sie sich entzündet hatten, versteht sich. Aber ist es *meine* Schuld, wenn unter allen Töchtern *Athens* noch keine meine Phantasie zu fesseln und mir eine dauernde Zuneigung einzuflößen vermocht hat? Wenn ich noch keine gesehen habe, die *zur Liebe*, in der edelsten Bedeutung des Worts, *liebenswürdig genug* war, ist es *meine* Schuld? Daß ich *der* Art von Liebe, die vom ersten Anblick zu einer unbändigen Leidenschaft aufbrennt, einem Menschen alle Gewalt über sich selbst raubt, und das Glück oder Unglück seines ganzen Lebens unwiederruflich entscheidet, daß ich dieser *tragischen* Art zu lieben unfähig bin, habe ich glücklicher Weise der Natur zu danken. Aber zeige mir ein Mädchen, aus deren Augen –

blau oder schwarz, gleich viel! – eine kunstlose, offene, im Bewußtsein ihrer Unschuld freie und fröhliche Seele und ein reiner, zarter, angeborner Sinn für alles Schöne hervorblickt; zeige mir eine, deren Blicke weder frech umher schießen und die Männer zum Kampf herausfordern, noch, hinterlistig unter langen Augenwimpern emporschielend, zu verrathen wünschen, was sie zu verbergen gelehrt worden sind: zeige mir ein Mädchen, die, mit einer Rose im Haar und einem einfachen leichten Kettchen um den Hals, den prächtigsten Schmuck einer reichern Gespielin ohne Mißgunst ansieht: kurz, zeige mir ein Mädchen, wie ich zu Athen keines zu finden hoffen darf, unverfälscht an Seel und Leib, ohne Ansprüche, ohne Herrschsucht, ohne Lüsternheit, eine ächte Tochter der Natur, von den Grazien gepflegt, von den Musen erzogen, würdig geliebt zu werden und fähig wieder zu lieben, – und ich schwöre meine Freiheit auf immer in ihren Armen ab! Wahr ists, wir haben keine Gelegenheit, unsre Jungfrauen anders als an öffentlichen Festtagen zu sehen, wo sie im höchsten Staat, mit züchtig gesenkten Blicken und mädchenhaftem Stolz, wie ein Zug Schwäne, bei uns vorüber ziehen; es ist unmöglich sie eher kennen zu lernen, bis es uns zu nichts mehr helfen kann. Aber ich denke mich nicht zu irren, wenn ich von den Müttern auf die Töchter schließe; und daß unsre Frauen, im Durchschnitt genommen, viel besser geworden sein sollten, als Aristophanes und die andern Dichter der alten Komödie vor hundert Jahren ihre Ältermütter schilderten, scheint mir, nach allem was ich sehe und höre, nicht sehr wahrscheinlich. Gönne mir also, Freund Dinias, bis mir etwa durch mein gutes Glück ein so seltner Vogel in den Busen fliegt, meine gewohnte Art, *keine* zu *lieben*, weil ich in *alle verliebt* bin, oder (wenn du lieber willst) laß mir meine Freiheit und Gleichgültigkeit; und mögest du dagegen täglich neue Ursache finden, die Stunde zu segnen, da Amor und Hymenäus, in seltner Eintracht, dir mit den hochzeitlichen Fackeln ins Brautgemach leuchteten!

Ich vernehme ungern, daß die Besitznahme der Güter, die dir dein alter Oheim verlassen hat, dich länger in Euböa aufhalten werde als du gedachtest und ich hoffte. Eine so lange Trennung zu versüßen, sehe ich kein Mittel, als uns recht oft zu schreiben, und bis zum Wiedersehen einander alles durch Briefe mitzutheilen, was der Freund dem Busen des Freundes zu vertrauen wünschen mag.

II.

Menander an den Mahler Nicias.

Du kennest ohne Zweifel ein Gemählde des *Pausias* von *Sicyon*, das unter dem Nahmen der *Kränzehändlerin**) seit kurzem so viel von sich reden macht? Denn du mußt es noth-

*) Stephanopolis, S. Plin. H. N. Libr. XXXV. cap. XI.

wendig bei dem reichen *Xanthippides*, der es um eine beträchtliche Summe an sich gebracht, mehr als einmal gesehen haben. Der Besitzer hat mir erlaubt eine Abbildung davon nehmen zu lassen. Du würdest mich also dir sehr verbinden, lieber Nicias, wenn du jede andre Arbeit, die sich aufschieben läßt, bei Seite legen, und mir die Freundschaft erweisen wolltest, unverzüglich, so lange das Versprechen des Xanthippides noch warm ist, ein deines Pinsels würdiges Nachbild dieser Kränzehändlerin für mich zu fertigen. Über den Preis werden wir leicht einig werden; bestimme ihn so hoch, als du für billig hältst, es wird doch immer dein Schade sein, daß ich nicht so reich wie Xanthippides bin. Ich weiß, du wirst mich keine Fehlbitte thun lassen; nur, guter Nicias, laß mich auch nicht zu lange warten! Zehn Tage sind zehn Monate für einen so ungeduldigen Sterblichen als dein Freund Menander.

III.
Menander an Dinias.

Freue dich, oder traure über deinen Freund – welches von beiden mögen die Götter wissen! – deine Drohung geht in Erfüllung. Amor und Aphrodite scheinen eine schwere Rache an mir nehmen zu wollen. Ich bin, seit meinem letztern an dich, so unvermuthet – wie ein Knabe am Rand eines Bachs Schmetterlinge haschend ins Wasser herabglitscht – bis an den Hals in *Liebe* hinein geplumpt – Menander verliebt? rufst du. – Ja, mein Freund, und in ganzem Ernst verliebt. Aber in wen? – Das ist eben das Schlimmste! Nicht in die spröde Königin der Götter, wie *Ixion*; nicht in ein Marmorbild, wie *Pygmalion*; nicht in mich selbst, wie *Narcissus* – Ich bin – um dich nicht länger rathen zu lassen – in eine kleine, von Pausias mit Wachsfarben gemahlte Blumenhändlerin verliebt. Lache nicht, Dinias! die Sache ist ernsthafter, als du dir vorstellst. Höre nur, wie es damit zuging.

Ich habe ein kleines Geschäft mit Xanthippides, dem Sohn des weiland reichen Wechslers Pythokles, abzuthun. Er führt mich in eine mit Gemählden ausgezierte Halle. Ich spreche mit ihm von unsrer Angelegenheit, ohne mich um die Gemählde zu bekümmern, die ich schon mehr als einmal gesehen habe. Aber im Weggehen fällt mein Blick von Ungefähr auf ein drei Palmen hohes Bild, das mir neu ist, und mich schon von fern durch den Glanz und die Harmonie seiner Farben anzieht. Ich nähere mich ihm und betracht' es mit immer steigendem Entzücken. Es ist, sagte Xanthippides, wie du siehst, ein *enkaustisches* Gemählde von der Hand des berühmten Pausias, das ich vor Kurzem um drei Tausend Drachmen gekauft habe. Man weiß nicht, was das Schönere darin ist, das junge Mädchen, oder der Blumenkranz, den sie in ihrer niedlichen Hand emporhält, um zu dem großen Korb voll ähnlicher Kränze, der neben ihr steht, Käufer einzuladen. Ich gebe alle Blumen in der Welt, und wenn auch keine Wurzelfaser und kein Samenkörnchen von ihnen übrig bleiben sollte, um das Mädchen, rief dein unweiser Freund. Xanthippides lachte, und schien sich nicht wenig darauf einzubilden, der Besitzer eines Stücks zu sein, das einem Schüler des weisen *Theophrasts* einen solchen Wunsch auspressen konnte. Das Mädchen nennt sich *Glycera*, fuhr er fort; sie ist eine *Sicyonerin*, und nährt sich und ihre alte Mutter vom Verkauf der Blumenkränze, die sie mit einer zuvor unbekannten Kunst zusammenzusetzen weiß. Sie ist meine Lehrmeisterin in der Blumen-Mahlerei, sagte mir Pausias, und wirklich scheint es unmöglich, eine größere Mannichfaltigkeit von Blumen mahlerischer zusammen zu ordnen, als du in diesen Kränzen siehest, welche Pausias aufs sorgfältigste von den ihrigen abgebildet hat. Seit dieser Stunde, mein Dinias, ist es mit deinem Menander nicht wie es sollte. Das verwünschte kleine Blumenmädchen, mit seinem kindischen runden Gesichtchen und mit seinen unschuldigen Schelmenaugen, sitzt mir immer vor der Stirn, folgt mir wohin ich gehe, und mischt sich in alle meine Gedanken; ich kratze, ohne recht zu wissen was ich thue, ihren Nahmen in alle Bäume, und träume alle Nächte von nichts als ihr. Bald seh ich sie als die Göttin der Blumen am Ilyssus wandeln; bei Tausenden entsprossen sie dem Boden unter ihren Blicken, und steigen, sich um ihre schönen Knöchel schmiegend, aus ihrem Fußtritt empor. Zephyr fliegt mit offnen Armen auf sie zu, sie liebkosen sich, und ich vergehe vor Neid und Mißgunst. Bald sitzt sie, einen Blumenkranz flechtend, mir gegenüber; ich lese ihr eine Scene aus meiner *Andria*, die an den nächsten *Dionysien* gegeben werden soll; sie lächelt mir Beifall zu, und bindet mir, mit einem Kuß, der mich zum Jupiter macht, ihren Kranz um die Schläfe. Kurz, ich schäme mich sogar, dir, dem schon so lange alle meine Gedanken offen stehen, zu bekennen, wie verdächtig es in meinem Kopf aussieht. Erinnere mich nicht an die strengen Forderungen, die ich neulich zu den Bedingnissen machte, unter welchen ich mich einer dauerhaften Anhänglichkeit an ein weibliches Wesen fähig halte. Frage mich nicht, woher ich wisse, daß die Blumenhändlerin der Ausbund aller jungfräulichen Tugenden sei, die ich verlangte. Ich sehe Alles, was schön und gut ist, aus ihren Augen, aus jedem Zug ihres lieblichen Gesichts, aus ihrer Miene und Stellung, kurz aus ihrem ganzen Wesen hervorblicken. Der weise *Sokrates* hat Recht; ein schöner Leib bürgt für eine schöne Seele. Und gesetzt auch, es wäre anders, warum sollte ich meinem Gefühl nicht glauben? Im schlimmsten Falle wage ich wenig oder nichts dabei; ich habe doch eine Zeitlang die süßeste Täuschung als *Wahrheit* genossen, und bin, wenn mir die Augen endlich aufgehen, um eine Erfahrung reicher, die in der bloßen Erinnrung noch süßen Genuß gewährt.

Das Unglück ist nur, daß ich diese Erfahrung nie machen werde; denn *Sie* lebt zu Sicyon, und *ich* bin an Athen gebunden. Wie darf ich hoffen, daß *Sie*, die von mir nichts weiß, zu mir nach Athen kommen werde, da *ich*, den ihr bloßes Bild schon bezaubert, nicht zu Ihr kommen kann? Was aus einer so seltsamen Art in die Ferne zu lieben werden soll, mag der delphische Apollo errathen! Oder begreifst du etwas davon, Dinias?

IV.
Nicias an Menander.

Deinem Begehren soll Genüge geschehen, Menander, so gut als ein enkaustisches Gemählde sich mit Saftfarben kopieren läßt; nur so schnell, als du wünschest, geht es nicht an, weil ich ein schon lange bestelltes großes Stück in der Arbeit habe, das ich nicht bei Seite legen kann. Aber ich habe dir etwas zu berichten, was dir das Warten vermuthlich sehr erleichtern wird. Vor einigen Tagen ist die junge Sicyonerin, von deren Bilde die Rede ist, in eigner Person zu Athen angelangt. Sie nennt sich *Glycera*, und ist wirklich das reitzendste Mädchen, das ich je gesehen habe. Lebe wohl.

V.

Glycera an ihre Verwandte Nannion zu Sicyon.

Ich lebe nun beinahe einen Monat in dem schönen *Athen*, und mir ist ich lebe unter den Göttern. Was ich für ein Kind war, als ich mir einbildete, Sicyon sei eine schöne und große Stadt! Izt, da ich Athen gesehen habe, dünkt mich jenes ein Dorf und diese die einzige Stadt in der Welt. Mit jedem Schritt glänzt dir ein Tempel oder eine auf zierlichen Säulen ruhende Halle, oder ein Gymnasion, oder ein andres öffentliches Prachtgebäude in die Augen; überall siehst du dich von ehrwürdigen Denkmählern des Alterthums und den herrlichsten Werken der neuern Kunst und des reinsten Geschmacks umgeben, und du würdest (wie es mir erging) vor Vergnügen in Entzückung gerathen, wenn du die *Propyläen*,

das *Parthenon* und das *Odeon* des *Perikles* zum ersten Mal sehen solltest.
Meine Mutter hat (wie es unsre Umstände mit sich bringen) ein kleines Häuschen in der Vorstadt *Piräus* gemiethet, woran das Beste ein ziemliches Stück Gartenland ist, wo wir mancherlei Blumen, besonders Rosen, Hyacinthen, Anemonen und Ranunkeln von allen Farben zum Behuf meiner Blumenkränze ziehen werden. Für izt haben wir einige Blumengärten in Beschlag genommen, um mich mit den Materialien zu meiner Kunst zu versehen, die hier großen Beifall findet, und uns, wie ich hoffe, hinlänglich nähren wird.
Man sagt, ein sehr reicher und angesehener Mann zu Athen habe dem Pausias die Tafel, worauf er mich, einen meiner schönsten Blumenkränze emporhaltend, abgemahlt hat, um großes Geld – einige sagen von sechstausend, andre gar von zehentausend Drachmen*) – abgehandelt. Meine Mutter und meine Schwe-

*) Ein Drachme galt damals soviel als ein Kopfstück, oder der dritte Theil eines Gulden Konvenzionsgeld.

stern bauen große Hoffnungen auf diese Sage. Wenn er um dein bloßes Bildniß eine so ungeheure Summe giebt, sprechen sie, wie viel wirst du ihm erst selber werth sein? Ich höre sie nicht gern so reden. Ich will weder nach Drachmen noch nach Minen*) geschätzt sein. Ich weiß, daß ich nur ein armes Mädchen bin, aber ich habe keinen Preis. Gewiß ist indessen, daß der reiche Herr bis itzt noch nichts von sich hören ließ. Am Ende ist wohl an der ganzen Sache nichts, und desto besser!

Mit jedem Tage werde ich von Athen und seinen Einwohnern mehr bezaubert; es sind die artigsten, angenehmsten und gefälligsten Leute von der Welt. Aber was mich am meisten freut, ist, daß ich nun in der Stadt lebe, wo *Menander* wohnt. Du weißt, daß ich seine Stücke beinahe auswendig kann. Nun werd' ich sie auch aufführen sehen, vielleicht mit ihm selbst bekannt werden; und wer weiß –

*) Eine Mine galt sechzig Drachmen, d. i. zwanzig Gulden K. G. Ein *Talent* hundert Minen, also Tausend unsrer Speciesthaler, beiläufig.

Bewahre mich, gute *Adrastea*, vor einem gar zu übermüthigen Gedanken! Aber daß ich ihn wenigstens nur zu sehen bekommen möchte, das darf ich doch wohl wünschen? Lebe wohl Nannion! Ich gedenke dir so oft zu schreiben, als ich etwas von mir zu berichten habe, und erwarte dasselbe von dir.

VI.
Menander an Dinias.

Die Götter der Liebe sind mir freundlicher, als ich hoffen durfte. *Sie ist in Athen!* – Wer? fragst du – Nun, wer anders als mein Blumenmädchen? das versteht sich doch von selbst – Mit Einem Wort also, *Glycerion* ist hier. Ich habe sie, ohne von ihr wahrgenommen zu werden, gesehen, und o! welch ein armer Stümper dünkte mich in jenem Augenblick der berühmte *Pausias*! Es kostete Mühe, mich zurück zu halten; meine Arme wollten sich mit aller Gewalt öffnen: aber ich bezwang mich, und du siehest daraus, lieber Dinias, daß noch einige Hoffnung für meinen Verstand übrig ist. Je liebenswürdiger Sie mir scheint, desto mehr liegt mir daran, mich gänzlich zu überzeugen, daß ich mich nicht täusche. »Viel kaltes Blut für einen Verliebten,« wirst du sagen. In der That, seitdem ich weiß, daß Sie nur eine kleine Meile von mir entfernt ist, bin ich so ruhig, als ob Sie mit mir in Einem Hause wohnte. Das Vergnügen, so ich mir von unsrer nähern Bekanntschaft verspreche, ist so groß, daß ich mich nicht entschließen kann, es mir selber *wegzugenießen*; gerade wie ein Geiziger seine Geldkiste täglich und stündlich mustert, aber, aus Furcht sie zu vermindern, lieber hungert und dürstet, als das Herz hat, etwas davon zum Gebrauch heraus zu nehmen. Denn freilich das Genossene kann nicht wiedergenossen werden.

Anfangs wollte mir vor dem reichen Xanthippides ein wenig bang sein. Ich befühlte ihn daher ganz leise, fand aber, daß er seine

Stephanopolis eigentlich bloß der *Blumenkränze* wegen schätzt, und der Meinung ist, ein Mann, der reich genug sei, die Königin aller *Hetären* unsrer Zeit, die schöne *Bacchis*, zu unterhalten, würde sich lächerlich machen, wenn er sich zu einem Mädchen wie Glycerion herabließe. Das war nun gerade was ich wollte; und doch ist die Liebe so ein grillenhaftes Ding, daß ich Händel mit ihm hätte anfangen mögen, als ich merkte, er sei bloß darum nicht mein Nebenbuhler, weil er meine Geliebte seiner Aufmerksamkeit nicht würdig hält. Ein Liebhaber ist über jeden Blick, den ein Andrer auf die Gebieterin seines Herzens wirft, eifersüchtig, und verlangt doch, daß die ganze Welt vor seinem Abgott auf den Knieen liege.

Ruhig von dieser Seite fuhr ich gleichwohl noch einige Tage fort, das Mädchen scharf bewachen und beobachten zu lassen. Aber alle Nachrichten, die ich erhielt, stimmten darin überein, daß man nicht eingezogener und sittsamer leben könne; daß sie ihre Blumenkränze durch eine ihrer Schwestern verkaufe, und daß es von den vielen Mannspersonen, die ihre Thür unverriegelt zu finden gehofft, noch keiner einzigen geglückt sei, sie auch nur in ihrer Mutter Gegenwart zu sprechen. Jetzt hielt mich nur noch eine Grille zurück. Ich wollte das Bacchusfest vorbeilassen, um zu sehen, ob mir vielleicht meine *Andria* zur Empfehlung bei ihr dienen könnte. Denn, wiewohl mein Nahme bereits ziemlich bekannt in Griechenland ist, so darf ich mir doch nicht schmeicheln, daß er an einem Ort wie Sicyon *bis zu ihr* durchgedrungen sei, geschweige daß sie meine Komödien gelesen und daraus eine gute Meinung von mir nach Athen mitgebracht haben könnte. *Philemon*, der mir, bekannter Maßen, schon mehr als Einmal, mit Recht oder Unrecht den Preiß abgewonnen hat, setzt mir diesmal ein Stück entgegen, der *Kaufmann* betitelt*), das wohl

*) Der Mercator des *Plautus* ist eine freie Übersetzung dieses Stücks. Menanders von *Terenz* auf die Römische Bühne versetzte Andria ist itzt unter dem Titel, das Mädchen von Andros durch eine gelungene Übersetzung auch unter uns bekannt.

keines seiner besten sein mag, aber der Leichtfertigkeit wegen, womit ein sehr schlüpfriger Stoff darin behandelt ist, mehr Anziehendes für unsre Zuhörer hatte als meine Andria, die in der That für eine neue Gattung gelten kann, und eher zu weinen als zu lachen macht. Ich gestehe dir, das Herz pochte mir während der Aufführung stärker als jemals, weil ich wußte, daß Glycera unter den Zuschauern sein würde. Was ich fürchtete war weniger der Verdruß, den Preis einem Andern überlassen zu müssen, als der nachtheilige Eindruck, den ein schlechter Erfolg auf meine Geliebte machen würde. Denn bei den Weibern hat der Überwundene gegen den Sieger immer Unrecht.

Aber diesmal fiel es anders aus: meine Niederlage war der glücklichste Umstand, der mir begegnen konnte. Glycera urtheilte ganz anders als unsere Kampfrichter. Mein Stück hatte einige Thränen in ihre schönen Augen gelockt; sie gab ihm in allem den Vorzug vor dem gekrönten, fand den Ausspruch der Richter ungerecht und geschmackwidrig, und sagte so laut, daß es hören konnte wer wollte: sie gehe, Menandern den schönsten Kranz zu binden, der jemals aus ihren Händen gekommen sei. Die Pflicht, ihr für einen so unverhofften Beifall zu danken, gab nun meinem Besuch den schicklichsten Vorwand. Ich wurde sehr wohl aufgenommen, und aus dem eignen Munde der schönen Glycera mit der Versicherung überrascht, daß sie mehr als Eine meiner Komödien auswendig wisse. Ihr ganzes Gesicht überzog sich mit der reizendsten Schamröthe, indem sie dies sagte. Was konnt' ich da weniger thun, als ein so schmeichelhaftes Geständniß zu erwiedern, indem ich ihr dagegen bekannte, welche Wirkung ihr bloßes Bildniß auf mein Herz gemacht, und dies zu einer Zeit, da ich keine Hoffnung hatte, sie jemals selbst zu sehen? Die Freude, die sie mich hierüber ohne alle Zurückhaltung sehen ließ, verbreitete ein so zauberisches Lächeln über ihr liebliches Gesicht, daß jeder Rest von Weisheit, den mir die Liebe noch gelassen haben mochte, wie Schnee im Sonnenstral darin zerrann. Sie war nun in meinen Augen das liebenswürdigste aller Wesen, und ich, von ihr geliebt, der glückseligste aller Sterblichen.

Von dieser Zeit an ward ich als der Freund vom Hause betrachtet; es stand mir zu allen schicklichen Stunden offen, und ich brachte gewöhnlich in jeder *Dekade* drei oder viermal den ganzen Abend bei Glycerion zu. Die Mutter schien Anfangs kein sonderliches Wohlgefallen an dieser Vertraulichkeit zu haben; ein Hausfreund, wie Xanthippides, wäre ihr besser angestanden, als ein Komödiendichter, der, nach seinem schlichten Aufzug zu urtheilen, eben kein Günstling des Plutus zu sein schien. Aber Glycerion hat durch ihre liebkosende Zärtlichkeit und die Vortheile, die das Hauswesen von ihrer Geschicklichkeit zieht, eine Art von sanfter Herrschaft über die Mutter erlangt, welcher diese nie lange widerstehen kann. Auch wirst du leicht erachten, daß ich es an meinem Theil nicht fehlen ließ, mir die

Alte sowohl als die Schwestern immer gewogener zu machen. Das einfachste Mittel war, daß ich mich in einer geheimen Unterredung mit der Mutter anheischig machte, ihre Glycerion nie zu verlassen, und die Hälfte meines (wie du weißt) nicht unbeträchtlichen Einkommens zu ihrer Wirthschaft beizutragen. Mehr brauchte es nicht, sie über das Verschwinden ihrer anfangs zu hoch gespannten Hoffnungen zu trösten, und mit ihrem Loose so zufrieden zu machen, als sie in der That Ursache hat es zu sein.

Seit dieser Zeit sind die Stunden, die ich in dieser kleinen Familie zubringe, die angenehmsten meines Lebens. Glycera hat zwei ältere und eine jüngere Schwester. Die älteste, *Myrto* genannt, beschickt mit einer einzigen Sklavin das Hauswesen und die Küche; die zweite ist eine Kunstweberin, die es mit *Arachnen*, ja, wofern man so reden dürfte, mit *Minerven* selbst aufnehmen könnte; und *Melissa*, oder (wie man zu Athen spricht) *Melitta*, die jüngste, ein niedliches, gewandtes kleines Ding, geht der schönen Glycerion in ihrer Kunst an die Hand. *Praxilla* (so nennt sich die Mutter) scheint zu ihrer Zeit sehr schön gewesen zu sein, und das Bewußtsein davon so wenig verloren zu haben, daß sie sich noch immer gern etwas schmeichelhaftes darüber sagen läßt. Sie spielt das *Barbiton**) mit vieler Geschicklichkeit, und, da Glycerion und Melitta überaus anmuthige Stimmen haben, und ich selbst ehmals von dem berühmten *Antigenidas* die Flöte spielen lernte: so dienen auch *diese* Zweige der Musenkunst, dem Vergnügen, das ich in diesem weiblichen Hauskreise finde, mehr Abwechslung zu geben. *Meine* Muse befindet sich sehr wohl bei dieser Lebensart, und ich mache mir gute Hoffnung, daß es mir an den nächsten *großen Dionysien* gelingen werde, einen wohl verdienten Sieg über den launischen und willkührlichen Geschmack unsrer Athener zu erringen.

---

*) Eine Art von Guitarre.

VII.

Glycera an Nannion.

Hüpfe beim Empfang dieses Briefes hoch auf, Nannion, und freue dich über das Glück deiner Freundin! Sie hat Ihn gesehen und gehört, und, was sie nie zu hoffen gewagt hätte, sie sieht ihn beinahe täglich, sie ist – wirst du mirs glauben, Nannion? – sie ist der Liebling seines Herzens. Die kleine Kränzehändlerin aus Sicyon wird von *Menander* geliebt! von *Menander*! – O verzeihe mir, gütige *Nemesis*, wenn ich zu stolz darauf bin, von Menander geliebt zu sein! – Doch nein, liebe Nannion, ich bin nicht stolz, ich bin nur glücklich. Wie viel fehlt, daß ich so liebenswürdig wäre, als ich glücklich bin! – Ich wollte dir erzählen, wie dies alles sich begeben habe; aber ich bin noch nicht ruhig genug, noch zu wenig an mein Glück gewöhnt, als daß ich Ordnung in meine Gedanken bringen könnte. Doch, ich wills versuchen.

An den letzten Dionysien kämpfte Menanders *Andria* mit Philemons *Kaufmann*, einer Komödie, worin es viel zu lachen giebt, aber die Fabel so anstößig, und die Ausführung in mehrern Scenen so leichtfertig und unsittlich ist, daß wir ehrlichen Sicyonerinnen nicht begreifen konnten, wie der erste *Archon* einem solchen Stück die öffentliche Aufführung habe erlauben mögen. Kannst du dir vorstellen, daß die Richter die Unverschämtheit hatten, diesen nehmlichen *Kaufmann* der *Andria* des Menander vorzuziehen; die zwar wenig zu lachen giebt, aber von keinem Menschen, dem ein Herz im Busen schlägt, ohne Theilnahme und Rührung angehört werden kann, und an Schönheit und Wahrheit der Karaktere, Urbanität der Sitten, Zierlichkeit der Sprache und Harmonie der Verse ein unübertreffliches Muster ist. – Diese schreiende Ungerechtigkeit gegen meinen Lieblingsdichter brachte mich auf; es war, nach meinem Gefühl, eine unverzeihliche Versündigung an allen Musen und Grazien; ich brach in bittre Klagen über den schlechten Geschmack der

Athener aus, kurz, ich vergaß mich so sehr, daß ich, laut genug um von den Umstehenden gehört zu werden, ausrief: wenn gefühllose Richter Menandern den Kranz versagt haben, so soll ihm wenigstens Glycera den schönsten binden, der je aus ihren Händen gekommen ist!
Die meisten, die diese unbedachtsame Rede hörten, lachten über den kindischen Zorn der kleinen Ausländerin: aber einer von Menanders Freunden hinterbrachte ihm auf der Stelle, was ich gesagt hatte, und der Dichter kam noch denselben Abend, mir zu danken, daß ich ihn (wie er sich ausdrückte) so überschwänglich für den verlornen Epheukranz entschädigt hätte. Sein Anblick setzte mich in die angenehmste Überraschung: denn mich däuchte, gerade *so* müsse Menander aussehen. Noch warm von dem Vergnügen, das mir sein Mädchen von Andros gemacht hatte, und von dem Eifer, worein ich über die Richter gerathen war, dacht' ich nicht daran, mich zurückzuhalten; was ohnehin, wie du weißt,

meine Sache nie gewesen ist. Ich sagte ihm vielleicht mehr, als ein sittsames Mädchen einem Manne, der ihr nicht gleichgültig ist, bei der ersten Unterredung sagen soll – wenigstens meinte dies meine Mutter – und er entdeckte mir dagegen, daß er zufälliger Weise schon vor einigen Monaten die Kränzehändlerin des Pausias (wozu ich, wie du weißt, dem Mahler als Modell gesessen) zu Gesicht bekommen, und auf der Stelle eine so heftige Zuneigung zu ihr gefaßt habe, daß er bei Tage nichts anders gedacht, und bei Nacht nichts anders geträumt habe, als das Original dieses Bildes. Ich mußte mir alle mögliche Gewalt anthun, nicht vor Freude über dieses Geständniß wie eine Bacchantin im Saal herumzutanzen. Ich erröthete, glaube ich, bis an die Fingerspitzen, und weinte und lächelte zugleich, wie *Homers Andromacha*; aber *was* ich ihm sagte, davon weiß ich kein Wort. Genug, unsre Seelen waren nun einverstanden, und schwuren einander, mehr durch unmittelbare Mittheilung als durch Worte, ewige Liebe.

Meine Mutter war ganz und gar nicht mit meinem Benehmen zufrieden: ich wäre ein rasches, unbesonnenes Ding, sagte sie, ich hätte mich weggeworfen, und vielleicht ein großes Glück verscherzt, das mir noch bevorgestanden wäre, und was dergleichen mehr war. Giebt es ein größeres Glück, versetzte ich, als von Menandern geliebt zu sein? Für mich gewiß nicht! Er hat indessen bald das rechte Mittel gefunden, sie mit meiner Liebe zu ihm zu versöhnen. Er hat sie und meine Schwestern mit Geschenken überhäuft; und sagt ihr bei jeder Gelegenheit etwas schmeichelndes über ihre Schönheit, die in der That vor zwanzig bis dreißig Jahren nicht gemein gewesen sein mag.

Er ist nun gleichsam ein Mitglied unsrer kleinen Familie. Meine Schwestern sind ihm alle gewogen; ohne mich, wegen des Vorzugs, den er mir giebt, zu beneiden; und weil *Myrto* sich gar zu gern geputzt sieht, bringt er ihr immer bald dies, bald jenes, womit das gute Mädchen der Natur zu Hülfe zu kommen sucht. Ich bekomme immer am wenigsten; denn er behauptet, ich gewinne dabei, je weniger ich entlehntes und fremdartiges an mir trage. Das Kostüm der Grazien – der *Sokratischen* allenfalls, – sagt der leichtfertige Mann, stehe mir am besten. Mit einem Wort, Nannion, wir sind hier sehr glücklich, und mir fehlt nichts, als daß Du nicht auch bei uns bist, um deinen Theil an meiner Glückseligkeit zu nehmen, welche weder schimmernd noch rauschend, aber eben darum meiner Sinnesart so angemessen ist, daß ich, dünkt mich, mein Loos mit keiner Königin vertauschen möchte.

VIII.
Menander an Dinias.

Ich merke, daß du mich für glücklicher hältst, als ich zu sein mich rühmen kann. Glycera ist ein seltsames Mädchen. Sie hat sich in ihr Starrköpfchen setzen lassen, das letzte Ziel der Liebe sei – ihr Grab, und noch hab' ich es nicht dahin bringen können, sie von diesem Wahn – (wenn es anders einer ist) – zu heilen. Dafür aber besitzt sie eine ordentliche Wundergabe, den Nektar Cytheräens, woraus wir gemeine Sterbliche kaum fünf Theile zu machen wissen, in so unzählig viele Tropfen zu zertheilen, und jedem Tröpfchen eine so eigene Süßigkeit zu geben, daß man sich am Ende doch auf ihre Weise am glücklichsten fühlt, und ihr sogar Entbehrung für Genuß anrechnet. Ich weiß nicht, ob dir das sehr klar sein wird; ich könnte dir artige und sonderbare Dinge hierüber entdecken, und bin, der holden Glycera zu Ehren, stark dazu versucht: aber sie selbst, in Gestalt der jungfräulichen Grazie *Ädo*,*) drückt mir ihren Rosenfinger auf den Mund, und ich schweige. Alles, was ich dir sagen darf, ist, daß Sie, wie Aurora im Frühling, mit jedem Tage schöner aufgeht, und, wenn das noch einige Zeit so fort dauert, mir zuletzt von der ganzen Hellas abgestrit-

*) Die Schamhaftigkeit, die zu Athen einen Altar hatte.

ten werden wird. Es klingt nicht sehr glaublich, aber ich schwöre dir, daß ich bisher nicht eine einzige weibliche Untugend an ihr habe ausspähen können. Das (wirst du lachend sagen) beweiset weiter nichts, als daß du sie mit den Augen eines Liebhabers betrachtest, in welchen die dunkeln Flecken selbst zu Lichtern werden. Wenn du das dächtest, Freund, so würdest du dich sehr irren; denn ich habe wirklich das Eigene, daß die feurigste Liebe, deren ich fähig bin, mich nicht verhindert, klar zu sehen, und ich stehe dir dafür, wenn irgend ein Flecken an Glycerion ist – und sie kann doch schwerlich ohne allen Tadel sein – so werde ich ihn noch ausfindig machen, wiewohl ich sie darum nicht weniger lieben werde. Denn mit welchem Rechte könnten wir Unholden, mit allen unsern männlichen Unarten und Lastern, von diesen lieblichen Wesen verlangen, daß sie, wie eben so viele eingefleischte Platonische Ideen, ohne alle Mängel sein sollten?

Ich belangweilige dich vielleicht, guter Dinias, da ich dich schon seit geraumer Zeit mit nichts anderm, als dem Gegenstand meiner Leidenschaft unterhalte. Von einem Verliebten ist es nicht anders zu erwarten. Der spricht den ganzen langen Tag von seinem Abgott, und glaubt immer noch nichts gesagt zu haben. Aber weißt du, wie du dir am Besten helfen könntest? Komm auf die großen Dionysien zu uns herüber, und sieh meine Glycerion selbst. Als Zugabe würdest du auch meine *Brüder**) sehen, auf die ich mir (unter uns gesagt) nicht wenig zu Gute thue, seit Glycera sie mir mit ihrer Sirenenstimme vorgelesen hat. Auch *diese Gabe* (bei ihr ist es nicht Kunst) hat ihr die Natur verliehen. So tanzt sie wie eine Nymphe, und singt wie eine Nachtigall, ohne jemals singen oder tanzen gelernt zu haben. Sogar in der Kunst zu küssen hat sie es, ohne einen andern Meister als Amorn, zu einer Vollkommenheit gebracht, von welcher ich keinen Begriff hatte, bis mich

---

*) Eine, vom *Terenz* ebenfalls frei übersetzte Komödie.

die Erfahrung lehrte, wie so etwas ganz anders ein Kuß von Glycerion ist, als was man gewöhnlich einen Kuß zu nennen pflegt. Aber still! beinahe hätte ich die unaussprechlichen Dinge der geheimnißvollsten aller Mysterien ausgeplaudert!

IX.
Menander an Glycera.

Ich schicke hier meiner Glycerion – *meiner* Glycerion! o wie reich macht mich dieses einzige Wort! – einen Korb voll der seltensten Blumen, die in dieser Jahreszeit aus den Treibhäusern unsrer Kunstgärtner zusammenzubringen waren. Es ist eine frühzeitige prächtige Rosenknospe darunter, die an deinem Busen vollends aufblühen soll; denn kein andrer Platz ist für diese schön genug. Unten im Korbe wirst Du eine Abschrift meiner *Adelphos* finden, mit denen ich, da sie unter deinem Einfluß geboren, und gleichsam mit deinen Küssen aufgenährt worden sind, an den nächsten Dionysien unfehlbar zu siegen hoffe. Ich schicke sie dir, damit du dich ein wenig mit ihnen bekannt machen könnest, um sie mir, wenn dirs gefällig ist, morgen vorzulesen. Denn aus deinem Grazienmund, und mit deiner lieblichen Stimme, die der reinste Flötenton nicht zu erreichen vermag, muß ich sie gehört haben, bevor ich gewiß sein kann, daß nichts weiter an dem kleinen Werke zu glätten ist. *Myrto* wird hoffentlich nicht vergessen, daß schon fünf Tage verflossen sind, seit ich mit euch zu Nacht gegessen habe. Für Melittarion und die übrigen bringe ich zwei neue Skolien*) von *Timotheus* mit, und meine Glycera, hoffe ich, hält mir den süßesten ihrer Küsse bereit, um mich für eine so lange Entbehrung zu entschädigen.

*) Kleine Lieder, die bei Gastmählern, während die Becher herumgingen, zur Lyra gesungen wurden.

X.
Menander an Dinias.

Du wunderst dich, Freund Dinias, wie ich es von mir erhalten könne, die schöne Glycera, wenn sie so liebenswürdig sei, als ich sie beschreibe, nicht je eher je lieber zu heirathen. – Zu heirathen, Dinias? Welch ein Wort ist über den Zaun deiner Lippen gesprungen, mein Freund! *Ich*, der Komödiendichter Menander, des Diopeithes Sohn, *ich* sollte ein solcher Wagehals sein, mir ein so unauslöschliches Gelächter von allen, die meine *Arrephoros**), meine *Angebrannte***), mein *Halsband*, und meinen *Weiberfeind* gehört oder gelesen haben, zuzuziehen. – Glycera ist in der That

---

*) *Stobäus* hat uns folgende Stelle daraus aufbehalten:

A. Nein, du heirathest nicht, so lange du
Bei Sinnen bleibst. Ich selbst heirathete vordem,
Drum eben rath' ich dir, heirathe nicht!

B. Es ist beschlossen, Freund; die Würfel mögen
Nun fallen, wie sie können!

A. Gut, so bleib' es denn
Dabei und wohl bekomm' es dir! Genug, du wirst
Dich in ein Meer von schlimmen Händeln stürzen; nicht
Ins Lybische, noch ins Ägeermeer,

ein bezauberndes Mädchen; aber ein bezauberndes Mädchen macht darum noch keine gute *Ehfrau.* Sie ist kaum siebzehn Jahr alt; wer kann sagen, was sie im dreißigsten sein wird? Itzt ist sie unbefangen, anspruchlos, unverfälscht, und von der Scheitel bis zur Fußsohle lauter Herz. Wird sie, von *Sicyon* nach *Athen,* in eine von Üppigkeit und Wohlleben überfließende Stadt versetzt, wo die Unsittlichkeit einen so hohen Grad erreicht hat, daß das Laster höchstens *nur so lächerlich* ist, als die Tugend, wird sie, von so vielen bösen aber anlockenden Beispielen umgeben, und täglich allen Arten von Nachstellungen ausgesetzt, immer bleiben, was sie itzt ist? Ich will es glauben: aber das Sicherste bleibt doch, sich ans

---

Noch ins Ägyptische, wo unter dreißig Schiffen
Nicht drei zu Grunde gehen, indeß von denen, die
Sich in den Ehstand stürzen, noch nicht Einer
Mit völlig heiler Haut davon gekommen ist.

**) *Empipramena.* Aus diesem Stücke führt *Athenäus* diese drei hieher gehörige Verse an:

– – Der Henker hohle
Den ersten, der ein Weib nahm, dann den andern,
Hernach den dritten, dann den vierten, dann
Den folgenden –

Gegenwärtige zu halten, und aufs ungewisse Künftige so wenig als möglich zu wagen. Wenn ich aber auch über das alles hinausgehen wollte, so stünde mir ein Hinderniß entgegen, dessen du dich schwerlich versehen hättest – Glycerion selbst. Sie, an der alles Natur ist, philosophiert auch von Natur über alles, was ihr wichtig ist, und (dermalen wenigstens) ist ihr nichts wichtiger, als unsre Liebe. Diese, spricht sie, höre auf Liebe zu sein, sobald sie ihrer Freiheit beraubt werde – das Gesetz habe sich nicht in die Angelegenheiten des Herzens zu mischen, und eine bei Strafe gebotene Liebe verdiene diesen Nahmen so wenig, als man den Söldner, der seinen Wurfspieß auf Befehl seines Officiers unter die Feinde schleudert, einen Helden nennen könne. Sie behauptet sogar, die Ehe an sich selbst habe mit der Liebe nichts zu schaffen: sie sei nichts als ein bürgerlicher Vertrag, zu dessen Erfüllung bloße Redlichkeit, ja schon bloße Rücksicht auf die damit verknüpften Vortheile völlig hinreiche, und sie will nicht zugeben, daß ein so schönes Bündniß wie unsre Liebe in einen Kontrakt verwandelt werde. – Mich dünkt, meine Natur-Philosophin hat im Grunde Recht. Wenn gleich die Ehe zu Gründung der ersten bürgerlichen Gesellschaften unentbehrlich war, und es für die zahlreichsten Volksklassen, um sie in Zucht und Ordnung zu erhalten, immer bleiben wird: bei edlen und gebildeten Menschen fallen jene Ursachen weg, und diese bedürfen keines solchen Zwangsmittels. Die Verhältnisse, worin ich mit Glycerion stehe, werden so lange dauern, als unsre Liebe, und unsre Liebe so lange, als sie – dauern kann: ob unser ganzes Leben durch, oder nur eine Zeit lang, was kümmert dies den Staat? oder was verschlägt es ihm, ob Liebende durch den Tod, oder ihren freien Willen getrennt werden? Wie dem auch sei, genug, Glycera kann sich mit dem Gedanken nicht vertragen, daß sie irgend einem Sterblichen ein *gesetzmäßiges Recht* einräumen sollte, wodurch sie sich selbst des schönsten Vorzugs ihres Geschlechts begäbe, und aus einer beglückenden Göttin, die sie dem Geliebten sein könnte, so lange alles, was sie giebt, freiwillig ist, die Sklavin eines ihr, schon allein aus diesem Grunde, mit Recht verhaßten Mannes würde. Ich will keinen Augenblick länger *mehr* wie alle Andere von dir geliebt sein, sagt sie mir, als so lange ich dir liebenswürdiger scheine, wie alle andere – und nichts ist billiger, antwortete ich ihr, als daß ich dir eben dasselbe Recht zugestehe. Itzt da ich frei bin, sagt sie, fällt mir gar nicht ein, daß ich jemals aufhören könnte, dich eben so innig zu lieben, wie itzt – »und *mir* eben so wenig, daß etwas liebenswürdigeres für mich sein könnte, als meine Glycerion.« – Aber ich werde nur zu bald aufhören, jung und schön zu sein, sagt sie – »Für mich niemals, so lange die Schönheit deiner Seele und deine Liebe zu mir eben dieselbe bleibt,« antworte ich. – Was ist gegen ein solches durch Freiheit zugleich veredeltes und befestigtes Bündnis einzuwenden? Bedarf es der Fackel des Hymenäus, um die Flamme einer so reinen Liebe zu unterhalten? Sie entbrannte ohne ihn, und wird ohne ihn dauern, so lange sie Nahrung in unserm Herzen findet: Gebricht es an dieser, so könnte Jupiter mit allen seinen Blitzen sie nicht länger brennen machen.

XI.
Glycera an Nannion.

Ich mahle ein wenig, wie du weißt; aber dir *Menandern* zu mahlen, es sei mit Worten, oder mit dem Pinsel, getraue ich mir nicht, wiewohl man sagt: der Liebe sei alles möglich. Eine Art von Schattenbild kann ich dir allenfalls wohl von ihm machen, wenn du damit zufrieden bist. Verlangst du mehr, so weiß ich dir keinen bessern Rath, als, berede deine Base, es zu machen wie meine Mutter, und nach der schönen Minervenstadt zu ziehen, wo dir deine Kunst die Häuser aller Günstlinge des Glücks, und deine Liebenswürdigkeit die Herzen aller edeln Menschen, öffnen wird. Mit Vergnügen würde deine Glycerion die Freundschaft ihres Menanders mit dir theilen. Und nun die Hand ans Werk!

Menander ist von mittlerer Größe, und kann, ob ihn gleich *Polykletus* eben nicht zum Modell seines *Kanons* genommen hätte, in den Augen einer Geliebten für einen ganz hübschen Mann gelten. Du merkst, denke ich, daß ich dir eben so wohl hätte geradezu sagen können, daß seine glänzende Seite nicht die *äußere* ist. Seine Gesichtsbildung ist fein und geistreich, seine Stirne breit und hoch, sein Auge etwas hervorstehend und voll Feuer, und um seinen Mund, den die Grazien ausdrücklich zum sprechen und – zum küssen gebildet zu haben scheinen, schwebt ein leiser, mehr kitzelnder, als beissender Spott, vom zartesten Gefühl des Schicklichen gemildert. Ich darf dir nicht verbergen, daß er, wie die Leute sagen, ein wenig schielen soll. Anfangs ward ich es nicht gewahr: aber da mich meine Schwester Myrto aufmerksam darauf machte, konnt' ich's ihr nicht ganz abstreiten, wiewohl es mir mehr etwas Angewöhntes, als ein Naturfehler scheint. Gewiß ist, daß es ihm gar nicht übel läßt. Es giebt ihm etwas angenehm schalkhaftes, etwas von der Miene der besten *Sokratesköpfe*, – also etwas *Faunenhaftes*, wirst du sagen – denke davon was du kannst – *mir* gefällt er darum nur desto besser, und ich möchte ihn nichts anders haben als er ist. Die Lebhaftigkeit seines Geistes, und die Reitzbarkeit seiner Sinne leihen ihm bei Gelegenheit etwas schwärmerisches, das zuweilen in Begeisterung übergeht: aber im Grund ist er (wenn ich mich nicht sehr an ihm irre) ein so kaltblütiger Sterblicher, als ein Athener und ein Dichter möglicher Weise sein kann. Er liebt das Vergnügen und die Freude mehr als Ruhm und Gold: und wenn seine Komödien die Werke aller seiner Zeitgenossen und Nebenbuhler verdunkeln und auslöschen, wie die Mittagssonne den Mondschein und das Sternenlicht: so ist weder Ruhmsucht noch Begierde, dem großen Haufen zu gefallen, die Ursache davon, sondern eine angeborne Liebe zum Schönen, und ein Kunstgefühl, das ihm nicht eher erlaubt, die Hand von einem Werke abzuziehen, bis es so rund, glatt und vollendet ist, daß sein zartes Gefühl nichts mehr daran zu polieren findet. Desto mehr ist zu bewundern, daß er in einem Alter von dreißig Jahren bereits über zwanzig Stücke geschrieben hat, wovon immer eines das andere an Schönheit und Interesse übertrifft. Es sind eben so viele sprechende Sittengemählde, zwar aus *unsrer* Zeit genommen, aber auf *alle* Zeiten passend, so getreu sind die wahren Züge und Lineamente der Menschheit darin nachgezeichnet, und der Natur wie aus den Augen gestohlen. Seinen großen Ruhm hat ihm nicht die Volksgunst und der Beifall des großen Haufens, sondern das Gefühl und Urtheil der gebildetsten unter seinen Zeitgenossen gemacht: denn er hat bis itzt kaum dreimal den Sieg über seine Mitwerber, Alexis, Apollodorus, Diphilus und Philemon erhalten.

Man sagt – nicht ohne allen Grund vermuthlich – daß sein Hang zu unserm Geschlecht seine schwächste Seite sei. Er kann, heißt es, weder der Allmacht der Schönheit, noch dem Zauber des Reitzes widerstehen, und wer auf unverletzliche Treue in der Liebe bei ihm rechnet, wird sich übel betrogen finden. Dafür hat er ein Herz, das für die Freundschaft gemacht ist, und wofern diejenige, die ihm Liebe einflößt, Achtung und Vertrauen verdient, kann sie sicher sein, daß sie einen Freund aufs ganze Leben gewonnen hat. Doch, die Hand von der Tafel! Denn es ist gerade nicht mein Wille, Nannion, daß du dich in mein Gemählde verlieben sollst.

XII.
Glycera an Menander.

Alles ist zu dem kleinen Feste vorbereitet, welches ich den Musen gelobte, wenn sie dir heute den wohlverdienten Sieg verschaffen würden. Mein Herz sagte mir mit Gewißheit vorher, ich hätte keine Fehlbitte gethan. Es war ein schöner Tag, Menander, und er soll mit einer schönen Nacht gekrönt werden. *Xanthippides* und die schöne *Bacchis* haben sich in die Wette dafür beeifert, daß dir einmal wieder Gerechtigkeit widerführe. Ich wußte, daß Bacchis schon lange mit dir Bekanntschaft zu machen, und Xanthippides das Original seiner *Kränzehändlerin* zu sehen wünschte. Ich habe also etwas dir angenehmes zu thun geglaubt, wenn ich sie zu unserm Fest einlüde. Sie werden kommen, und der reiche Herr hat einen großen Korb voll Thasischen und Cyprischen Weins geschickt, um seinen *Antheil* (wie er uns sagen ließ) zu dem freundschaftlichen Feste beizutragen. Die schöne Bacchis – darauf mache dich gefaßt – wird von Kopf zu Faß gerüstet, und mit Aphroditens Zaubergürtel um ihren verführerischen Busen erscheinen. Nimm dich in Acht, Menander! Glycera ist vielleicht nicht so ganz harmlos und ohne alle Eifersucht, wie du dir einbildest. Übrigens ist unser Haus wie ein Grazientempel aufgeschmückt, und du wirst es hoffentlich nicht übel nehmen, daß ich die Ersparnisse meiner kleinen Blumenkasse bei einer solchen Gelegenheit nicht geschont habe. Die Küchenmeisterin Myrto hat alle ihre Künste aufgeboten; meine Mutter und meine Schwestern haben sich aus Leibeskräften herausgeputzt; und mit mir wirst du, denke ich, auch zufrieden sein. Ich kenne deinen Geschmack am Einfachen, er ist immer auch der meinige gewesen. – Komm sobald du kannst, und bring deinen *Dinias* mit, der uns als dein Freund höchst willkommen sein soll.

XIII.
Glycera an Nannion.

Der vierzehnte des *Elaphobolion**) war der schönste meines freilich noch jungen Lebens. Ich sah meinem Menander in einem Kreise

*) Der in die erste Woche unsers Aprils fällt.

von vielen tausend Zuschauern, unter dem jauchzenden Zuruf seiner Stamm- und Zunftgenossen, den Siegeskranz der komischen Muse um die Stirn binden, und ich hatte alle meine Schüchternheit nöthig, um vor Entzücken nicht laut auszurufen, und dem ganzen Volk zu verkündigen, daß ich die Geliebte des Mannes sei, auf welchen in diesem Augenblick ganz Athen stolz war.

Da ich nicht zweifelte, daß die Vortrefflichkeit des Stücks, und der Eifer der Freunde des Dichters uns diesmal den Sieg verschaffen würde: so hatte ich alles schon zu einem kleinen Feste vorbereitet, dem es, ich versichre dich, an nichts fehlte, was zur angenehmsten Unterhaltung der Gäste erforderlich war. Mir war es indessen bloß darum zu thun, *Menandern* Vergnügen zu machen, der kein Freund von großen lermenden Gastmählern ist; und so hatte ich (zumal da unser Saal keine große Gesellschaft faßt) außer Menandern und zweien seiner vertrautesten Freunde Niemand eingeladen, als den Besitzer der *Krän-*

zehändlerin, den reichen *Xanthippides*, der durch seinen Eifer, und die große Anzahl seiner Klienten am meisten zum Glück des Tages beigetragen hatte, und die schöne *Bacchis*, seine Geliebte, die unter den Hetären unsrer Zeit beinahe das ist, was *Lais* vor siebzig oder achtzig Jahren war. Du mußt wissen, Nannion, daß meine Blumenkränze zu Athen um einen ungewöhnlichen Preis verkauft werden, und daß die Freigebigkeit Menanders meine Mutter in den Stand gesetzt hat, unser Haus ohne meinen Beitrag zu unterhalten; so daß ich mir unvermerkt einen kleinen Schatz gesammelt habe, den ich (wie du mir zutrauen wirst) bei einer solchen Gelegenheit nicht sparte. Alles gelang mir nach Wunsch. Die Grazien selbst schienen, was sie nach *Pindar* bei den *Götterfesten* sind, die Vorsteherinnen des meinigen zu sein; man war lebhaft und fröhlich ohne bacchantische Schwärmerei. Myrto hat ihr Äußerstes gethan; es wurde viel gesungen; der Cyperwein des Xanthippides erweiterte alle Herzen, und eine reitzende junge Tänzerin aus *Lesbos*, von einer trefflichen Citherspielerin unterstützt, vollendete das allgemeine Vergnügen, indem sie, als die Tafel aufgehoben war, mit einem in einen Knaben verkleideten schönen Mädchen die Fabel von *Venus und Adonis* so lebhaft und zugleich so anständig darstellte, daß *Xenophons Sokrates* selbst Vergnügen daran gehabt hätte.

Zwischen den Akten dieses *mimischen Duodrama's* spielten Bacchis und Xanthippides ihre Rollen nach Vermögen. Es galt, wie ich bald merkte, dem Menander und deiner kleinen Freundin. Bacchis hatte sich in ein sehr verführerisches Kostum gesetzt, und, die Wahrheit zu sagen, selbst für ihren Anschlag auf meinen Freund, des Guten eher zu viel, als zu wenig gethan. Ihre Kleidung war zwar faltenreich genug, aber beinahe durchsichtig; ihre Arme, auf deren Schönheit sie vorzüglich stolz ist, bis an die Schultern bloß, und um ihren wenig verhüllten Busen schlang sich ein breites Band, mit großen Perlen vom schönsten Wasser gestickt, in der Absicht, die blendende Weisse ihrer Haut durch einen Schmuck, der den meisten nicht vorteilhaft wäre, noch auffallender zu machen. Sie hatte sich nach der Tafel in einer reitzend nachlässigen Stellung auf die gegen die Wand aufgeschichteten Polster hingegossen, und schien sich, so oft die Tänzer eine Pause machten, sehr lebhaft mit Menandern zu unterhalten. Meine Mutter, die es zu ihrer Zeit mit der schönen Bacchis vielleicht hätte aufnehmen können, gab sich alle Mühe, den gefälligen Dinias (den Freund Menanders) vergessen zu machen, daß sie dreißig Jahre zu früh in die Welt gekommen war. Mir war Xanthippides zugefallen, der mich in kurzem ziemlich deutlich merken ließ, daß er mich zum Werkzeug seiner Rache an seiner Ungetreuen ausersehen habe; wiewohl ich überzeugt bin, daß sie ihr Spiel mit einander abgeredet hatten: denn beide stehen im Ruf, wenig Anspruch auf Beständigkeit in ihren Liebschaften zu machen. Gern hätt' er meine Schwester *Chelidonis*, und die kleine *Melitta*, die für seine Absicht zuviel waren, entfernen mögen: aber sie wußten ihre Rolle, und wirklich thaten wir alle drei unser Bestes, ihn zu unterhalten. Meine Schwestern waren bis zur Ausgelassenheit lustig, sangen ihm ein Sicyonisches Liedchen nach dem andern, und schenkten ihm dazu so fleißig von seinem eignen Cypernwein ein, daß Herkules selbst zuletzt hätte unterliegen müssen. Menander hielt sich tapfrer, als ich ihm zugetraut hatte: er *schielte* fleißig nach mir, (da siehst du, Nannion, wozu das Schielen bei Gelegenheit gut ist!) denn die schöne Bacchis setzte ihm ernstlich zu, und er schien mir wirklich eine Herzstärkung nöthig zu haben, um in einem so gefährlichen Kampf auszuhalten, und wenigstens nur mit leichten Wunden davon zu kommen.

Endlich brach mit der Morgenröthe das Ende unseres Festes ein. Der gute *Xanthippides* wurde, in Wein und Schlaf begraben, von vier Bedienten nach seinem Hause im Piräus getragen; und *Bacchis*, die mir einen kleinen

Verdruß über das Fehlschlagen ihres Plans kaum verbergen konnte, bat mich beim Abschied, etwas kalt, um die Fortsetzung der angefangenen Bekanntschaft, und hätte mich gern glauben gemacht, es liege nur an mir, so eifersüchtig über sie zu sein, als ich wolle. »Menander hat alle meine Erwartung übertroffen, er ist ein bezaubernder Mann,« sagte sie mit einem schlauen, viel bedeutenden Blick – Wirklich, versetzte ich mit der harmlosesten Miene von der Welt, wirklich bezaubert er schon seit zehn Jahren ganz Griechenland. Dinias, der einzige ganz Unbefangene unter uns, führte sie in einem mit zwei raschen Thraziern bespannten Halbwagen nach Hause, und der zweifache Sieger Menander, der endlich allein übrig blieb, empfing den Lohn seiner Tugend – rathe, Nannion, in wessen Armen?

XIV.
Menander an Dinias.

Empfange nochmals meinen Dank für die Freundschaft, die du mir durch deinen Besuch an den Dionysien erwiesen hast. Dein Beifall würde mich entschädiget haben, falls ich den Kranz abermals einem andern hätte überlassen müssen: um so angenehmer war mir's, daß du, wie ich versichert bin, nicht wenig zum Siege meiner *Brüder* beigetragen hast. Seitdem nicht mehr der innere Werth eines Stücks, als Kunstwerk betrachtet, sondern Verabredung, Einfluß von Gunst oder Mißgunst gewisser Partheien, und geheime Zusammenverschwörungen für oder wider ein neues Stück, den Sieg oder die Niederlage eines Mitbewerbers um den Epheukranz entscheiden, hat ein Dichter zwar wenig Ursache auf einen Triumph, woran er selbst so wenig Antheil hat, stolz zu sein: aber *immer* durchfallen, und *immer* Den, den wir wirklich geschlagen haben, als Sieger ausrufen hören, wird doch in die Länge so unangenehm, daß man endlich zufrieden ist, wenn man nur den Preis erhalten hat, sei es auch damit zugegangen, wie es wolle.

Noch sicherer, als ich für meine *Brüder* auf deinen Beifall zählte, konnt' ich darauf rechnen, daß *Glycera* dir gefallen würde, die in *ihrer* Art noch einziger ist. Was wirst du also von mir denken, wenn ich dir gestehe, daß ich, der einen so zarten Sinn für ihre Liebenswürdigkeit hat, dennoch einer unwürdigen Buhlerin die Freude gemacht, sich schmeicheln zu können, daß sie einen Triumph über das holde Mädchen erhalten habe?

Du erräthst leicht, daß hier von *Bacchis* die Rede ist, da du ein Augenzeuge der hitzigen Angriffe warst, welche sie an dem Abend, den wir bei Glycera zubrachten, auf meine Beständigkeit machte. Du sahest aber auch, wie wenig sie damals Ursache hatte, sich des Erfolgs ihrer Bemühungen zu rühmen. In der That hatte sie, in Hoffnung ihren Sieg zu beschleunigen, einen Aufwand von Anstalten gemacht, der ihrer Absicht mehr schadete, als nützte. Sie bestürmte meine Augen (den einzigen Sinn, gegen welchen sie damals ihre Angriffe richten konnte) auf einmal zu stark, und das, was sie damit wollte, sprach zu laut an, um nicht jedem Manne, der nicht alles Zartgefühls ermangelte, anstößig zu sein. Es bedurfte nur von Zeit zu Zeit einen Blick auf Glycerion, deren anspruchlose Einfachheit so gewaltig von der prunkvollen Nacktheit der stolzen Bacchis abstach, um allen Zauber ihrer so übermüthig ausgelegten Reitze zu vernichten.

Daß Bacchis alles dies hinten nach sich selbst gesagt haben müßte, zeigte sich einige Zeit darauf, bei einem großen Gastmahl, welches Xanthippides seinen Freunden an den *Panathenäen* gab, wozu, nebst mir, auch Glycerion und ihre Mutter eingeladen waren. Er und seine gefällige Freundin hatten es darauf angelegt, ihre neulich mißlungenen Anschläge bei dieser Gelegenheit mit besserm Erfolg auszuführen, und waren (wie ich deutlich merken konnte) übereingekommen, einander dazu behülflich zu sein. Bacchis zeigte sich diesmal als eine Meisterin in den schlauesten Kunstgriffen des *Hetärischen* Putztisches. Sie war mehr edel und zierlich als schimmernd angezogen, beinahe matronenmäßiger, als ihr zukam: doch so, daß die Augen zwar geschont, aber die Phantasie und die Erinnerung des ehemals gesehenen desto lebhafter beschäftigt wurden. Der verschwenderische Xanthippides hatte nichts vergessen, was sein Fest glänzend machen, und der schönen Glycera von seinem Reichthum sowohl als von seiner Freigebigkeit eine hohe Meinung beibringen konnte. Die prachtvolle Halle, worin man speiste, war von großen Blumenstücken und blühenden Gebüschen umgeben, die mit bequemen Sitzen, Lauben und kleinen Kabinetten reichlich versehen waren.

Nach aufgehobener Tafel lockte die Schönheit der Nacht die Gäste, sich in den Gebüschen zu zerstreuen, und so fand Xanthippides Gelegenheit, sich mit Glycerion ungestörter als das erste Mal zu unterhalten, und

Bacchis sich mit *deinem Freund* unversehens allein zu befinden. – Du kennst diesen zu gut, als daß er dir erst zu sagen brauchte, mit welchem Erfolg. In der That mochte sie wohl selbst nicht erwartet haben, daß er ihr den Sieg so leicht machen würde; und vermuthlich war dieser Umstand für sie ein Beweggrund mehr, ihn keinen bedeutenden Vortheil von einer so günstigen Gelegenheit ziehen zu lassen. Denn Ihr war es darum zu thun, ihn, wo nicht gänzlich, doch lange genug von Glycera zu entfernen, um für Xanthippides so viel Zeit zu gewinnen, als er nöthig haben möchte, sich derselben zu nähern und gehört zu werden.

Du kannst leicht erachten, Dinias, daß die Sprödigkeit einer Bacchis deinen Freund nur desto mehr erhitzte, sein Ziel zu verfolgen – kurz, denn ich kann über dieses Glatteis nicht schnell genug hinwegkommen – sie wußte sich ganzer drei Wochen lang seiner so völlig zu bemächtigen, daß er (wiewohl nicht ohne Widerspruch seines Herzens) in dieser langen

Zeit, die ihm freilich sehr kurz vorkam, Glycerens Haus vermied, und die Vorwürfe, die ihm seine *bessere Seele* deswegen machte, dadurch zu beschwichtigen suchte, daß er sein Wegbleiben alle drei Tage durch ein heuchlerisches Entschuldigungsbriefchen mit vorgeschützten Geschäften und unvermeidlichen Abhaltungen rechtfertigte. Aber kaum hatte er bei Bacchis seinen Zweck erreicht, so würde er, Trotz allen ihren Reitzungen, noch an demselben Tage zu Glycera zurückgekehrt sein: wenn ihn nicht die Scham und die Unmöglichkeit, ihr seine Untreue zu verheimlichen, so lange abgehalten hätte, bis Sie Selbst den ersten Schritt that, und ihm in dem Briefe (den ich dir mittheile) mit einer Verzeihung zuvorkam, die er so leicht nicht zu erhalten gehofft hatte.

Wirklich kostet es dem holden Mädchen zu wenig, mir zu verzeihen, als daß es *mir* viel mehr kosten könnte, mich mit mir selber auszusöhnen. Sie weiß dem ganzen Handel einen so komischen Anstrich zu geben, und Bacchis, mit ihrer fehlgeschlagenen doppelten Hoffnung und mit ihrer Gutmüthigkeit, mir den Lohn eines sehr ungewissen Erfolgs vorauszuzahlen, kommt ihr so lächerlich vor, daß ich beinahe wider Willen mitlachen muß. Denn ich kann nicht bergen, diese leichte Art, die Sache zu nehmen, will mir nicht recht gefallen, und beweiset mir wenigstens so viel, daß Glycerions Liebe zu mir das nicht ist, was ich mir einbildete; daß sie mehr den Namen der Freundschaft, als der Liebe verdient. Es giebt sogar Augenblicke, wo ich mir's kaum ausreden kann, daß sie mehr meinen *Ruhm*, als mich selbst liebt, und daß ich ihr vielleicht noch gleichgültiger als Xanthippides wäre, wenn sie sich nicht geschmeichelt fände, einen Dichter, dessen Namen die ganze Hellas kennt, zum erklärten Verehrer zu haben. Sollte sie mir jemals Ursache geben, mich von diesem vielleicht ungerechten Argwohn völlig überzeugt zu halten – nun dann? – so hätt' ich mich eben an ihr getäuscht, ohne daß ich darum berechtigt wäre, mich über sie zu beklagen. Denn im Grunde, könnte wohl eine übermüthigere Forderung erdacht werden, als wenn ein Mensch um seines kahlen Ichs willen geliebt sein wollte?

XV.
Glycera an Menander.

Was ist dir, Menander, daß wir dich schon ganzer drei Wochen nicht gesehen haben? Und wofür alle die Ausreden und Anstrengungen deiner Erfindungskraft, womit du alle drei oder vier Tage dein Außenbleiben entschuldigest? Als ob die wahre Ursache, warum du dich vor uns scheuest, ein Geheimniß sein könnte? Siehst du nun, wie gut ichs mit dir meinte, daß ich, anstatt dich zu einer feierlichen Verbindung zu verführen, dich aus allen Kräften abhielt diese Thorheit zu begehen? Ich nenne es eine *Thorheit*, nicht als ob ich mir zu viel zu schmeicheln glaubte, wenn ich denke, daß ich im Nothfall eine ganz leidliche, vielleicht sogar eine wohlachtbare Matrone abgegeben hätte: aber aus dir, mein Freund, würde schwerlich jemals ein guter Ehemann werden. Jetzt bist du frei, und ich habe dir bösen Ruf und zu späte Reue dadurch erspart, daß ich ehrlich genug war, keinen der Augenblicke zu mißbrauchen, wo ein Weib alles aus dir machen kann was sie will. Bediene dich also auch deiner Freiheit ungescheut. *Du* hast Bedürfnisse, die ich *nicht* habe; es ist ein Mangel, den ich der Natur für eine Gabe anrechne. Meinetwegen brauchst du dir keinen Zwang anzuthun: ich werde nie über etwas anders als dein Herz eifersüchtig sein; und was kümmert sich die schöne Bacchis um dein Herz! Was *sie* dir ist, kann *ich* dir niemals sein, wenn ich auch wollte; dafür aber bin ich auch zufrieden, wenn du nur der erste und getreueste meiner Freunde bist – der einzige, sollt' ich sagen; denn, habe ich einen andern Freund als dich? Dir gänzlich vertrauend dacht' ich nie daran, mir einen andern zu machen.

Besorge also nie einen Vorwurf von mir, wenn eine unsrer Schönen, wer sie auch sei, die einzige Stelle, wo du, *wie Achilles*, verwundbar bist, ausfindig gemacht hat. Nur vor der schönen Bacchis laß dich warnen, guter Menander! Sie ist eine gefährliche Spinne. Ich sehe schon lange, wie sie dich mit Einem Faden nach dem andern umwickelt: unsichtbar, wie die Maschen des *Vulkanischen Netzes*, sind sie eben nicht: aber du fliegst so lüstern und gierig auf die Lockspeise zu, daß du dich mit offnen Augen fangen lässest.
Das Lustigste indessen, und was du nicht zu sehen scheinst, ist, daß sie ihr Netz zwar für *Dich*, aber zu Gunsten eines *Dritten* aufgespannt hat, der dich aus seinem Wege haben wollte. Solltest du denn wirklich nicht wissen, daß, während du, von dem süßen Gift ihrer Augen berauscht, zu ihren Füßen lagst, der edle Xanthippides alles mögliche versuchte, mich zu gewinnen, und, da es ihm bei *mir* nicht gelang, wenigstens meine Mutter durch die glänzendsten Versprechungen und Aus-

sichten auf seine Seite zu bringen? Oder sollte Bacchis dich schon so sehr bezaubert haben, daß es dir gleichgültig ist, wer sich deiner verlassenen Glycerion bemächtigt? *So* spricht meine Mutter, *so* sprechen meine Schwestern; und sind sie zu verdenken? Ich allein sage Nein, halte fest an meiner guten Meinung von dir, und bringe die Nächte damit zu, die Schutzreden zu ersinnen, die ich den ganzen Tag für dich halten muß. Aber Zeit wär' es endlich, daß du mir diese Mühe abnähmest, und deine Rechtfertigung selbst führtest.

XVI.
Menander an Glycera.

Rechtfertigen kann ich mich nicht, beste Glycerion; aber nach dem Piräus fliegen kann ich, um zu deinen Füßen die Verirrung meiner Sinne auf ewig abzuschwören. Du erweisest der schönen Bacchis zu viel Ehre, wenn du sie für so gefährlich hältst. Ich kann mir hier das berühmte Wort des *Aristippus* zueignen: *»ich hatte die Bacchis*, aber *sie hatte mich nicht.«* Auch war es bloß eine unüberwindliche Furcht vor der Beschämung des ersten Augenblicks, was mich so lange abhielt, dir unter die Augen zu treten. Meine Ruhe bei den Versuchen des Xanthippides, dich zu Genehmigung seiner Anträge zu bewegen, war keine Folge meiner Berauschung aus dem Zauberkelch der Bacchis: sie war die Frucht meiner Überzeugung, daß es weder ihm noch irgend einem seines Gleichen je gelingen könne, ein Herz wie das Deinige zu gewinnen; und daß du mit Gold erkäuflich seiest, ist ein Gedanke, der gar nicht in meine Seele kommt. Dem ungeachtet fühle ich jetzt nur zu sehr, daß auch der bloße Schein der Gleichgültigkeit eine gerechte Ursache wäre, mich auf immer aus deinen Augen zu verbannen, wenn meine Glycerion über die gemeinen Schwachheiten ihres Geschlechts nicht so hoch erhaben wäre.

XVII.

Nannion an Glycera.

Was seit mehrern Jahren unser beider Wunsch war, liebste Glycera, – daß eine wohlwollende Gottheit uns in Athen wieder zusammen bringen möchte, – ist nun endlich, wenn sich uns anders kein neues Hinderniß in den Weg legt, der Erfüllung nahe. Meine Base findet, daß ich es durch ihren Unterricht und meinen Fleiß in meiner Kunst weit genug gebracht, mit Vortheil zu Athen auftreten zu können. Ob sie sich hierin geirrt habe oder nicht, darüber sollen meine Glycerion und ihr Menander Richter sein; denn vor Euch will ich meine erste Probe ablegen. Genug, es ist beschlossen, daß wir Sicyon mit Athen vertauschen. Alle Anstalten werden dazu gemacht, und ich brauche dir nicht erst zu sagen, wie eifrig ich sie betreibe. Ich bin wie berauscht, wenn ich Athen nur nennen höre, und träume alle Nächte, daß ich in Athen bin, und unter dem alten Feigenbaum euerer Göttin, oder unter dem Ahorn des Sokrates am Ilyssus tanze. Kurz, Glycerion, am Vorabend der nächsten *Panathenäen* wird, wenn die Götter uns günstig sind, deine Nannion in deinen Armen sein.

XVIII.
Glycera an Nannion.

Ich freue mich auf deine Ankunft in Athen, liebe Nannion, wie ich mich vor sechs Jahren auf die erste Hyacinthe, und auf die erste Nachtigall im Frühling freute. Ich sehe dich in Gedanken, bald *Daphne* von Apollo gejagt, bald *Ariadne* auf Naxos, bald die Entführung *Proserpina's*, oder *Orpheus* und *Euridice* tanzen – mit einer Wahrheit des Ausdrucks und Leichtigkeit und Zierlichkeit der Bewegungen, die selbst in Athen noch nie gesehen wurde. Glaube mir, Nannion, du wirst, Trotz deiner kleinen Faunennase, so viel Eroberungen in dieser üppigen Stadt machen, daß du nicht wissen wirst, wo du sie hin thun sollst. Aber du wirst, hoffe ich, weise sein, und, indem du in der Blüthezeit den möglichsten Vortheil von deiner Kunst ziehest, der *Zukunft* immer eingedenk bleiben, und von unserm *Epikur*, oder vielmehr von seiner Schülerin und Freundin *Leontion*, die auch *meine* Freundin ist, und die deinige werden soll, diese *Mäßigung im Genießen* lernen, ohne welche das freudenreichste Leben nur ein Bacchischer Rausch ist, auf den ein schmerzhaftes und reuvolles Erwachen folgt.

Menander hat uns seit einigen Monaten verlassen, um seinen Freund *Demetrius**) nach Alexandrien zu begleiten, wohin ihn der König *Ptolomäus* sehr verbindlich eingeladen hat. Ich bin seit mehrern Jahren so gewohnt worden, alle zwei oder drei Tage mit ihm zu-

*) Demetrius, *Phalereus* zubenannt, war einer der ausgezeichnetsten Männer dieser Zeit, der sich, wie Menander, in der Schule des berühmten *Theophrast* gebildet hatte. Er beherrschte die Athener zehen Jahre lang beinahe noch unumschränkter, als ehemals *Perikles*, erfuhr aber ebenfalls die Unzuverlässigkeit der Volksgunst, und mußte sich, den Folgen derselben zu entgehen, zu dem König Ptolemäus Lagus nach Ägypten flüchten.

zubringen, daß mir durch seine Abwesenheit ein Theil meiner Selbst zu fehlen scheint. Ohne den äußerst anziehenden und unterhaltenden Umgang mit meiner neuen Freundin, *Leontion*, wüßte ich mir wirklich kaum zu helfen. Denn, daß ich der Lieblingsbeschäftigung meiner kindlichen Jahre, des ewigen Blumenlesens und Zusammengattens, endlich müde worden bin, und durch Menandern eine edlere und genußreichere Art von Dasein kennen gelernt habe, kannst du dir leicht vorstellen. Anfangs wollt' er mich bereden, ihm nach Ägypten zu folgen, und ich fühlte mich nicht wenig dazu versucht: aber bessere Gedanken kommen über Nacht: er selbst machte sich, als Ernst daraus werden sollte, Einwürfe, auf die er keine Antwort fand: und so blieb ich hier, und erwarte seine Wiederkunft um so sehnlicher, da ich seit unsrer Trennung nur zwei Briefe von ihm erhalten habe.

Ein Zufall hat inzwischen dem Komödiendichter *Philemon* Gelegenheit verschafft, uns einen wichtigen Dienst zu leisten, und unsere Verlassenheit durch seine Besuche zu erheitern. Denn dieser Philemon ist, Trotz seiner funfzig Jahre, seines halbgrauen Kopfs, und seiner auffallenden Häßlichkeit, in Gesellschaft einer der kurzweiligsten Menschen die ich noch gesehen habe. Sein böser Dämon hat den Alten mit einer Art von Leidenschaft für deine Freundin angehaucht, die ihn zum Helden einer viel lächerlichern Komödie macht, als er jemals auf den Schauplatz gebracht hat. Anfangs konnt' ich lange nicht von mir erhalten, dem Menschen, der mit schlechten Stükken schon so oft den Sieg über meinen Menander erhielt, ein freundliches Gesicht zu verleihen: aber seitdem er uns *diese* Komödie giebt, hab' ich mich unvermerkt mit ihm ausgesöhnt. Denn, damit ich ihm erlaube, mir von Zeit zu Zeit eine erzkomische Liebeserklärung zu thun, und mich in einem seiner Stücke die *Gute* zu nennen, läßt er sich so übel von mir mitspielen, als ich Lust habe. Du bildest dir vielleicht ein, daß er seine Häßlichkeit und seinen grauen Ziegenbart durch Freigebigkeit gut machen werde: aber da würdest du dich sehr irren; er ist der zäheste Filz in ganz Athen. Gleichwohl bringt ihn Amor, *»der Götter und der Menschen Herrscher,«* dahin, daß er sich zuweilen mit kleinen Geschenken wehe thut, auf die er einen so hohen Werth legt, als ob er die Schätze des *Krösus* mit mir theilte. So schickte er mir neulich an meinem Geburtstag ein winziges Körbchen voll sehr gemeiner Blumen aus seinem eignen Garten, die, seiner Versicherung nach, die einzigen in Attika waren; und an einem kleinen Gastmahl, das meine Mutter an den *Lenäen* gab, wußte er sich nicht wenig mit einem Kruge Syrakuserwein, den er zum Feste beisteuerte, aber, wohl zu merken, nicht etwa für sein Geld gekauft, sondern von einem Freunde *geschenkt* bekommen hatte. Doch genug von diesem Ehrenmanne, dessen Freundschaft uns, da wir hier fremd sind, und er bei einigen Häuptern der Stadt viel vermag, in Abwesenheit unsers bisherigen Beschützers, nicht so gleichgültig ist, daß wir sie ganz vernachlässigen dürften.

XIX.
Glycera an Leontium.

Menander ist endlich angelangt; aber wohl kam es mir, daß ich die Freude des Wiedersehens, wenigstens in der Einbildung, *vorausgenossen* hatte: denn für eine so lange Trennung war die erste Umarmung ziemlich frostig. Vergebens bemühte er sich, einen fröhlichen und zärtlichen Ausdruck in sein Gesicht zu bringen; die Natur scheint den Menschen seiner Art die Gabe der Verstellung schlechterdings versagt zu haben. Menandern wenigstens sieht man's immer auf den *ersten* Blick an, *daß* er etwas *verbergen* möchte, und auf den zweiten oder dritten, *was* es ist. Daß die düstre Wolke, die auf seinen Augenbraunen lag, *mich* mit einem Ungewitter bedräue, war gerade, was er am wenigsten verbergen konnte: womit ich mir aber seinen Unwillen zugezogen haben mag, ist mir bis auf diesen Augenblick ein Räthsel. Denn zu einer Erklärung war der einsylbige Mensch nicht zu bringen; auch verschwand er unter dem Vorwand dringender Geschäfte eben so schnell wieder, als er gekommen war. Gewiß ist, daß er Ursache hat mit seiner Aufnahme in *Alexandrien* sehr zufrieden zu sein, und daß er also seinen Mißmuth nicht von dorther mitgebracht haben kann: denn der Bediente, der ihn auf dieser Reise begleitete, konnte meiner Schwester Myrto nicht genug anrühmen, wie sehr sein Herr von dem Könige ausgezeichnet und mit Geschenken überhäuft worden sei.

Ich gestehe dir, liebste Leontion, daß ich nicht ruhig sein kann, bis ich über dieses sonderbare Betragen meines launenvollen Freundes im Klaren bin. Du würdest mich daher sehr verbinden, wenn du mich diesen Abend besuchen, oder, wofern dies nicht angeht, mir auf halbem Weg' einen Platz bestimmen wolltest, wo wir uns zu einer von dir bestimmten Stunde antreffen, und unsre klugen Köpfe zusammenstecken könnten, um zu überlegen, wie ich mich in einer so unerwarteten Lage zu benehmen habe.

XX.
Leontion an Glycera.

Du wirst sehen, liebe Glycera, daß es am Ende nichts als der leidige Dämon der Eifersucht sein wird, der dem guten Menander in den Leib gefahren ist. Irgend ein dienstfertiger Freund wird ihm von dem Zutritt, den sein Antagonist *Philemon* während seiner Abwesenheit in deinem Haus' erhalten hat, im engesten Vertrauen Nachricht gegeben, und, wie gewöhnlich, die Sache vergrößert, und in ein zweideutiges Licht gestellt haben. Was braucht es mehr, um die Einbildungskraft eines poetischen Liebhabers in Feuer und Flammen zu setzen? Ohne ein Ungewitter wird es nicht ablaufen, das kann ich dir voraussagen. Sehr gern, meine Liebe, würde ich diesen Abend bei dir zugebracht haben, wenn ich mich nicht bereits an den jungen *Metrodor* versprochen hätte, der seinem Freund und Lehrer *Epikur*, dessen Geburtstag heute ist, ein glänzendes Fest geben wird. Wenn du dich aber um die vierte Stunde nach Mittag im äußern *Ceramikus* bei der Bildsäule des *Harmodius* einfinden willst, so wirst du nicht lange auf deine Leontion warten müssen.

XXI.
Glycera an Menander.

Höre mich jetzt, Menander, und nimm wohl zu Herzen, was ich dir zu sagen habe: denn gestern warst du nicht in der Fassung auf die Stimme der Vernunft zu achten, und – ich schwieg.

Es sind nun bald sechs Jahre verflossen, seit dem wir uns zum ersten Male sahen. Meine Seele flog dir entgegen; und wie hättest du *mich* nicht wieder lieben sollen, da du dich

(wie du sagtest) bereits in mein *Bildniß* verliebt hattest?
Seit dieser Zeit hab' ich, weder aus Noth noch aus Pflicht, sondern aus freier Zuneigung, bloß für dich gelebt, und meine angelegenste Sorge war, dich so glücklich zu machen, als in meinem Vermögen steht. Alle meine Gedanken lagen immer offen vor dir; wen solltest du kennen, wenn du *mich* nicht kennst? – Und dennoch bist du fähig, mich mit einer Art von Weibern zu vermengen, mit der ich nichts gemein habe, als das Unglück, auch ein Weib zu sein. Oder woher sonst diese Eifersucht, mit deren rasenden Ausbrüchen du gestern unser kleines Haus erschüttert, und sogar die Nachbarn in Unruhe und Schrecken gesetzt hast? – Du brichst mit Gewalt in meine Kammer ein, wirfst alles darin übereinander, durchsuchst alle Winkel des Hauses, zerbrichst in deiner Wuth alles, was dir vor die Hände kommt, überschüttest mich und die meinigen mit den schmählichsten Vorwürfen, und stürmst endlich unter den wildesten Drohungen und Ver-

schwörungen wieder zum Haus hinaus – und warum alles das? – Weil ich dem Philemon in deiner Abwesenheit den Zutritt bei mir gestattete; weil er als ein Freund vom Hause angesehen wird, weil er – in fünf Monaten ein einziges Mal – bei uns zu Nacht gegessen hat. Welche Ursachen! Wenn es nur nicht Philemon wäre, sagst du; jeder Andre aus Athen, aus Griechenland, aus der weiten Welt, nur nicht Philemon! – Und warum das? – Aus einer Ursache, die du zu gestehen erröthen müßtest – weil er auch Komödien schreibt, wie du, (wiewohl kein Mensch von gesundem Kopf sie den deinigen an die Seite stellt) und weil ihm (nicht *dir*, sondern euern Richtern zur Schande) schon öfters der Sieg zuerkannt wurde. – Wie klein! wie deiner unwürdig! Doch, es ist nicht meine Absicht, dich durch Vorwürfe, wie verdient sie auch sein möchten, noch mehr zu erbittern: aber die Wahrheit mußt du von mir anhören, und dann – soll es von *dir* abhangen, ob wir uns gestern zum letzten Mal gesehen haben oder nicht.

Höre also vor allen Dingen, wie ich zur Bekanntschaft mit Philemon gekommen bin. Sie schreibt sich von einem sehr wesentlichen Dienst her, den er uns gegen einen Sykophanten leistete, von welchem wir angeklagt wurden, daß wir unverzollte Waaren heimlich von Sicyon nach Athen gebracht hätten. Dies trug sich wenige Tage nach deiner Abreise zu. Wärest du zugegen gewesen, so hätten wir ohne Zweifel der guten Dienste Philemons nicht bedurft. Genug, er leistete sie uns, und meine Mutter fand sich ihm zu sehr verpflichtet, um seine Besuche, da er sie auch nach Endigung unsers Prozesses fortsetzte, verbitten zu können. Daß er sich in eine ihrer Töchter vergaffte, war desto schlimmer für *ihn*: denn das solltest du dir doch wohl vorstellen können, daß Glycera sich weder in sein häßliches Angesicht, noch in seine funfzig Jahre, noch in seinen stadtkundigen Geitz wieder verliebt haben werde. Sich über seine Bethörung lustig zu machen, war natürlicher Weise alles, wozu ein solcher Liebhaber gut sein kann.

Übrigens mußt du so gut *als wir* wissen, daß er einer der witzigsten Köpfe in Athen ist, und daß ein ihm eigenes mimisches Talent, alles, was er spricht, und selbst die Personen, von denen er spricht, durch seine Geberden, und den Ton seiner Stimme darzustellen, ihn zu einem überall beliebten Gesellschafter macht: und so konnt' ich es doch wohl geschehen lassen, daß ihm meine Mutter gut begegnete, wenn mir auch seine Liebe, wegen deren er öfters über sich selbst spottete, mehr lange Weile als Spaß gemacht hätte. Dies, Freund Menander, ist das ganze Verhältniß, worin Philemon mit uns steht. Ich sehe nichts darin, was deine Eifersucht, geschweige einen so wüthenden Ausbruch dieser häßlichen Leidenschaft, entschuldigen könnte. Oder solltest du mir etwa *daraus* ein Verbrechen machen, daß ich in deiner Abwesenheit mich ganz leidlich zu behelfen, und mir, auch ohne dich, manche fröhliche Stunde zu verschaffen gewußt habe? Wahrlich, Menander, wenn du dir eingebildet hast, daß ich, während du am

Hofe zu Alexandrien in Saus und Braus lebtest, diese ganze Zeit über, in Trauerkleider gehüllt, am Gestade des Piräus umherschleichen, und den ganzen Tag nichts thun werde, als deinen Nahmen in den Sand schreiben oder in die Felsen kratzen, und die See von meinen Thränen schwellen machen, so hast du dich sehr an mir betrogen!

Bei so bewandten Umständen erwarte also keine Nachgiebigkeit, die mich zu deiner Sklavin erniedrigen würde. Die Liebe giebt dir kein Recht, deine Launen und Grillen zu Gesetzen für mich zu machen; du hast kein Recht, den ergrimmten Herren in meiner Wohnung zu spielen; kein Recht, von meiner *Mutter* zu verlangen, daß sie dir einen Freund, der Verdienste um sie hat, aufopfern, oder von *mir*, daß ich diesem Mann aus dem Wege gehen soll, weil er mich liebt. Ich habe über mich selbst zu gebieten, und weiß am besten, was mir zu thun oder zu lassen geziemt. Kurz, Menander, wenn du dein gestriges Betragen *Liebe* nennst, so sage ich dir, daß ich nicht auf diesen Fuß geliebt sein will. Du selbst hättest mich an eine zärtere Behandlung gewöhnt, wofern ich jemals eine andere gekannt hätte. Der Menander, den ich liebte, war ein ganz andrer Mann als der gestrige; *jener* kann gewiß sein, immer eine Freundin in mir zu finden: *diesem* – ich schwör' es bei meiner Urania und ihren Grazien! – wird sich meine Thür nie wieder öffnen.

XXII.
Menander an Glycera.

Der Jähzorn ist eine Erbkrankheit in meiner Familie, liebe Glycera, und

> Wir rasen alle, wenn der Zorn
> uns übernimmt,

wie dein Freund Philemon in einem seiner Stücke sagt. Vergieb mir also, was nicht ungeschehen gemacht werden kann, und sei so billig zu gestehen, daß ein leicht aufbrausender

Liebhaber, wenn er zu allem Überfluß noch das Unglück hat ein Dichter zu sein, zu entschuldigen ist, wenn er darüber rasend wird, daß er einen ihm verhaßten Nebenbuhler im Hause seiner Geliebten so frei aus- und eingehen sieht, als ob er zur Familie gehöre: zumal, wenn dieser Nebenbuhler unverschämt genug gewesen ist, in Gegenwart mehrerer Zeugen zu prahlen, er habe gute Hoffnung, Menandern auch bei der schönen Glycera den Preis abzugewinnen, den er schon oft so im Theater über ihn erhalten habe. Wenn ihm diese Rede auch von seinen Feinden zur Ungebühr nachgesagt würde, ist es nicht daran schon genug, daß er nichts dringenders hatte, als dich in seiner letzten Komödie mit offenbarer Affektazion die *Gute* zu nennen, um zu verstehen zu geben, er möge wohl seine Ursachen haben, warum er an der schönen Glycera gerade nichts anders rühme, als ihre Güte? – Doch, wenn dieser Umstand gleich meinen Unwillen über Philemon rechtfertigt, meine gestrige Aufführung in deinem Hause kann nichts entschuldigen. Ich unterwerfe mich daher jeder Buße, die du mir auflegen willst, beste Glycerion; nur verzeihe mir – was ich mir selbst nie verzeihen werde; schenke mir, wenn's möglich ist, deine ganze Liebe wieder; und, um mir einen Beweis davon zu geben, der mich dir unendlich verpflichten wird, räche mich an dem unseligen Menschen, der an allem diesen Unheil schuldig ist, an diesem mir mit so vielem Recht verhaßten Philemon, dessen Wangen noch weniger erröthen können, als seine Fußsolen, und verschließe ihm deine Thür auf immer!

XXIII.
Glycera an Menander.

Was könnt' ich Menandern nicht *verzeihen*, wenn er seine Fehler bereut? und wie würde ich ihn *lieben*, wenn er Herr über sie würde! Du glaubst eine Buße verdient zu haben, und ich hätte große Lust, dir eine aufzulegen, die dir etwas bitter schmecken dürfte. Von einer Buße ist aber auch nicht zu erwarten, daß sie wie Honig vom Hymettus schmecke. – »Und worin bestünde diese Buße?« – Worin anders, als daß du mir das Vergnügen machen solltest, dich mit Philemon auszusöhnen. Er schwört bei allen Göttern, die Rede, deren er beschuldiget wird, sei nie über seine Lippen gekommen. *Diphilus*, sagt er, und *Hermias* hätten ihn, in Gegenwart etlicher anderer Bekannten, etwas spöttisch mit seiner Liebe zu Glycera aufgezogen, und da sie es gar zu arg getrieben, habe er endlich lachend geantwortet: warum sollt' es nicht möglich sein, daß die schöne Glycera in einem grillenhaften Augenblick mich mit allen meinen Runzeln dem Menander vorziehen könnte, da unsre Kampfrichter schon so oft blind genug gewesen sind, meinen Komödien den Vorzug vor den seinigen zu geben? – Daß dies seine Worte gewesen, sagt er, würden Diphilus und Hermias bezeugen müssen; und ich bin um so geneigter ihm zu glauben, weil er wirklich bei jedem Anlaß mit der größten Achtung von deinen Werken spricht. Es ist noch nicht lange, daß ich zwischen Ernst und Scherz zu ihm sagte: aber Philemon, wirst du nicht allemal bis an die Ohren roth, wenn du den Sieg über Menandern davon trägst?*) Das könnte wohl mehr als Einmal der Fall bei mir gewesen sein, war seine Antwort: der Sieg ist freilich immer etwas angenehmes, wenn wir ihn auch (was den berühmtesten Feldherren schon begegnet ist) bloß dem Zufall zu verdanken haben: aber ich werde immer laut bekennen, daß Menander der erste unter den komischen Dichtern unsrer Zeit ist, und rechne mirs zu großer Ehre, wenn verständige Liebhaber der Musenkunst mir die zweite Stelle zuerkennen.

Alles wohl erwogen, denke ich, du solltest die Buße, die ich dir aufzulegen willens bin, nicht zu streng finden. Was meinst du?

---

*) *Gellius* legt dieses Wort dem Menander selbst in den Mund. Schicklicher wär' es wenigstens, wenn Glycera es gesagt hätte.

XXIV.
Menander an Glycera.

Mach alles mit mir, was dir beliebt, meine Königin, nur mit der feierlichen Aussöhnung, womit du mich bedrohest, verschone mich. Ich verspreche dir, daß ich mich gegen Philemon mit aller Urbanität, die einem gebornen Athener zukommt, betragen will, wo wir uns nur immer antreffen, sollt' es auch in deinem Hause sein; aber *Freunde*, – das mußt du so gut fühlen, als ich – Freunde können wir niemals werden. Deine Mutter, um deren Verzeihung ich in einem eignen Briefe bitte, hoffe ich durch einen großen Tragkorb voll neuen Hausgeräthes zu besänftigen, den ich dir statt des zerbrochnen alten übersende. Werdet mir wieder gut, liebe Sicyonerinnen, so viele euer an Glycerion hangen; ich werde nicht eher wieder leicht athmen, bis ihr mir wieder alle mit den freundlichen Gesichtern entgegen kommt, an welche ihr mich von so langem her gewöhnt habt.

XXV.

Menander an Dinias.

Es hat bei meiner Zurückkunft aus Ägypten einen ziemlich harten Strauß zwischen mir und Glycerion abgesetzt, lieber Dinias. Ich erinnere mich dessen nicht gern, aber die angeschloßnen Briefe, die bei dieser Gelegenheit zwischen ihr und mir gewechselt wurden, werden dir mehr davon sagen, als dir meinetwegen lieb sein wird. Genug, der Sturm ist vorüber, alles lacht uns wieder an: wir bilden uns ein, beide zu gleicher Zeit einen bösen Traum geträumt zu haben, und der Sommer unsrer Liebe, welche wirklich einiger Auffrischung benöthigt war, hat dadurch die Lebhaftigkeit und den Glanz ihrer ersten Blüthe wieder erhalten. Glycerion, welche nächstens ihr zwei und zwanzigstes Jahr zurücklegen wird, gleicht itzt einer so eben in der Morgensonne völlig aufgebrochnen hundertblättrigen Rose; ihre körperlichen und geistigen Reitzungen haben den Punkt der Reife erreicht. Sie ist nun alles, was sie sein kann – ein äußerst liebenswürdiges Weib, bei Amorn und Aphroditen! aber am Ende doch so gut ein Weib, wie alle andere. Es giebt der verwünschten hellen Augenblicke immer mehrere, wo ich nur gar zu klar zu sehen glaube, daß ich mich *auch an ihr* getäuscht habe; daß auch Sie ihrer Vortheile über uns sich nur zu sehr bewußt ist; daß auch Sie nicht so ganz ohne Eitelkeit, Ansprüche und Launen ist, als sie zu sein schien, da sie mir mit aller Unerfahrenheit, Unschuld und Kindlichkeit ihrer sechszehn Jahre in die Arme flog. Soll ich nun mit der aufgeblühten Rose hadern, daß sie nicht mehr Knospe ist? Vermuthlich ist das, was ich von einem Mädchen, das mich auf immer fesseln sollte, forderte, gar nicht in der Natur. – Auch werde ich täglich geneigter zu glauben, daß diese holden Zauberinnen, ohne alle diese Ungleichheiten, Grillen, Widersprüche mit sich selbst und unsern Erwartungen, kurz ohne alles, womit sie uns zuweilen rasend machen, nicht halb so bezaubernd wären, als sie sind. Verkümmern wir uns also nicht selbst, durch eigensinnige und überspannte Forderungen, die Freude, die wir an ihnen haben könnten, wenn wir sie nähmen, wie sie sind! Überlassen wir uns den süßen Täuschungen, so lange sie uns täuschen *können*, und beschleunigen nicht selbst den leidigen Augenblick der Entzauberung, der immer zu früh kommt, wie spät er auch kommen mag!

XXVI.
An Ebendenselben.

Seit einigen Tagen ist eine Jugendfreundin meiner Glycerion, *Nannion* genannt, von Sicyon angekommen, die, wie es scheint, zu Athen ihr Glück versuchen will. Ich war eben gegenwärtig als sie anlangte, und muß gestehen, der erste Anblick ist ihr nicht besonders günstig. Solltest du wohl glauben, daß sie eines der häßlichsten Mädchen ist, die man sehen kann? Denke dir auf den Körper einer ziemlich plumpen Bacchantin einen runden weiblichen Faunenkopf, einen großen Mund mit dicken Lippen, eine kleine Stirn, eine aufgestülpte Nase, und zu allen diesen Reitzungen ein Paar große, funkelnde, herausfordernde Augen, die immer in Bewegung sind, und nicht drei Pulsschläge lang auf ebendemselben Gegenstand verweilen, so siehst du sie leibhaftig vor dir stehen. Urtheile, ob ich betroffen darüber war, daß ein Mädchen dieses Schlages die vertrauteste Jugendfreundin meiner Glycerion seyn sollte. Wahr ist's, sie sind Anverwandte, und wuchsen von Kindheit an neben einander auf; und daß es dieser Nannion an Geist nicht fehlen kann, dafür bürgen schon ihre Augen, deren gleichen ich wirklich in meinem Leben noch nie gesehen habe. Denn mit jedem Blick schleudert dir das wilde Mädchen einen *Jynx* *) in den Busen, und was das Schlimmste ist, sie scheint

*) Ein Vogel, (vermuthlich unser *Wendehals*) dem die Alten eine magische Kraft, zur Liebe zu reitzen, zuschrieben.

keine Absicht dabei zu haben, und sieht so harmlos und unbefangen dazu aus, als ob sie nicht wüßte, daß sie Augen habe. Bei allem dem versichre ich dich, daß sie einen widerlichen Eindruck auf mich gemacht, und gegen meinen Willen ein – Etwas, dem ich keinen Nahmen zu geben weiß, in mir aufgeregt hat, welches mich nöthigen wird, die schöne Glycerion mit etwas kälterem Blute zu beobachten, als mir bisher möglich war. Nannion soll eine vortreffliche *Mimische Tänzerin* sein, und dies ist es eigentlich, worauf sie die Hoffnung gründet, sich auf Kosten unsrer üppigen Athener zu bereichern. Ich bin ungeduldig, eine Probe ihrer Kunst zu sehen. Wie bald dies geschehen wird, ist noch ungewiß. Denn bevor sie sich in einer großen Gesellschaft zeigt, will sie ihre erste Probe in Glycerions Hause machen, und mir ist bereits angekündigt worden, daß keine Mannsperson zu diesen Mysterien zugelassen werden könne; eine Vorsicht, dir mir einiges Mißtrauen zu verrathen scheint, und meine Erwartung von dem gerühmten Talent dieser Sicyonischen Künstlerin ziemlich tief herabgestimmt hat.

XXVII.
Glyceria an Leontium.

Sage mir doch, Leontion, – denn du hast mehr Gelegenheit gehabt, die Männer kennen zu lernen, als ich – ist es eine Untugend des ganzen Geschlechts, daß sie sich so wenig aus ihren Vergehungen machen, oder ist es ein eigner Zug im Karakter Menanders? Es ist noch nicht sehr lange, seit er sich so gröblich gegen mich vergangen hat, daß er vielleicht selbst kaum hoffen durfte Verzeihung zu erhalten. Ich verzieh' ihm, und in den ersten Tagen unsrer Aussöhnung war der Mensch so demüthig, so geschmeidig, so aufmerksam auf meine leisesten Winke, daß ich mich verführen ließ zu glauben, ich hätte endlich den Sieg über seine Unbeständigkeit erhalten. Aber kaum hielt er sich meiner Liebe wieder gewiß, so war auch alles Geschehene wieder vergessen. Er läßt allen seinen Launen und Unarten den Zügel wieder, übersieht sich selbst alles, und nimmt es dafür mit mir so scharf, als ob Er sich nichts vorzuwerfen, ich hingegen die größte Ursache hätte, alles von ihm zu ertragen. Wie hätte ich vor sechs Jahren denken sollen, daß dieser Menander, der mich damals so zart behandelte, so aufmerksam auf meine stillsten Wünsche, so selig durch meine kleinsten Gunsterweisungen war, in so wenig Jahren sich selbst so unähnlich sein würde? Ich darf es dir wohl gestehen, liebste Leontion, mir laufen zuweilen wunderliche Gedanken durch den Kopf, und daß ich ihnen kein Gehör gebe, kommt im Grunde bloß daher, weil ich von keinem andern Mann eine bessere Meinung habe, als von Menandern. Doch nichts mehr von diesen leidigen Geschöpfen!

Wie hat dir meine Nannion gefallen? – Wir waren freilich wenig mehr, als Kinder, da wir unsre Freundschaft stifteten. Nannion hat sich in den sechs Jahren meiner Abwesenheit von unsrer Vaterstadt mächtig entwickelt, oder soll ich *verändert* sagen? Denn beinahe hätt' ich sie auf den ersten Anblick nicht erkannt. Indessen war sie immer ein gutmüthiges Wesen, und ich halte mich versichert, daß sich ihr Herz nicht verändert hat.

XXVIII.
Leontion an Glycera.

Du fragst mich, wie mir die Gespielin deiner Kinderjahre gefallen habe? und ich antworte dir mit meiner gewohnten Offenheit. Es dürfte schwer sein, ein Mädchen zu finden, bei welchem das, was man gewöhnlich Häßlichkeit nennt, in so viele Reitzungen eingewikkelt wäre. Beim ersten Anblick scheinen alle Züge ihres Gesichts in einem allgemeinen Aufstand gegen einander begriffen; keiner paßt recht zum andern; nichts ist in seinem gehörigen Ebenmaß: aber ihr großes feuersprühendes Auge herrscht wie ein Gott in diesem Chaos, und zwingt die widerspenstigen Elemente ihres Gesichts zu einer Art von seltsamer aber gefälliger Einigung. Nimm dazu die frischeste Blume der Jugend und Gesundheit, eine blendende Weisse aller sichtbaren Theile ihres Körpers, und eine gewisse einladende Üppigkeit der Formen, die von den meisten Männern der reinen, Anbetung gebietenden, Schönheit vorgezogen wird: so wirst du finden, daß ich, ohne die Gabe der Weissagung vom Delphischen Apollo erkauft zu haben, vorhersagen kann, sie werde bei ihrem ersten öffentlichen Auftritt eine große Niederlage unter unsern jungen und alten Athenern anrichten. Ich verspreche ihr viel von ihrem natürlichen Geschicke zur *Mimischen Kunst*, aber noch viel mehr von ihren Anlagen zur Kunst die Männer einzufangen. Noch scheint das rohe Mädchen nichts davon zu wissen, aber in Athen wird sie sich schnell genug entwickeln. Auf alle Fälle rathe ich dir, auf deinen Menander wohl acht zu geben, wenn du anders Lust hast, ihn noch länger beizubehalten. Wirklich ist die Treue, womit du ihm schon sechs ganzer Jahre zugethan bist, etwas sehr musterhaftes. Eben so gut hättest du ihn vollends geheirathet; denn ich sehe nicht, was die tugendreichste Ehfrau mehr thun könnte. Unter unsern Athenischen Matronen sind schwerlich drei oder vier, die der geheimen Feier der *Thesmophorien* mit so reinem Gewissen beiwohnen, als das Deinige dich dazu berechtigte, wenn dir die alte Sitte nicht im Wege stünde.

Ich sage dies nicht, als ob ich Unkraut unter euch säen wollte: aber ich bin doch zu sehr deine Freundin, um dir nicht zu rathen, was ich mir selbst in deiner Lage rathen würde. – Doch du scheinst mir kaum eines andern Rathes zu bedürfen, als daß du den Muth habest, den Eingebungen deiner eigenen Vernunft zu folgen. Menander ist in seiner Art, die Weiber, die er liebt, zu behandeln, weder viel besser, noch viel schlimmer, als andere Männer. Du würdest dich bei manchem andern nicht so gut, bei keinem vielleicht besser befinden. Aber, meine Liebe, dies ist nicht das Einzige, was in Betrachtung kommt. Die Weisheit befiehlt uns, über dem Gegenwärtigen der Zukunft nicht zu vergessen. Da wir doch Einmal, mehr oder weniger, von diesen rohen Geschöpfen zu leiden verdammt sind, und uns ihrem tyrannischen Joch nicht ganz entziehen können, so laß uns wenigstens die Gewalt, die uns zu unsrer Entschädigung über sie gegeben ist, so gebrauchen, daß wir uns selbst nicht dabei vergessen. Wenn du mich diesen Abend in meinem Garten, der an Epikurs angrenzt, besuchen wolltest, würdest du Gelegenheit finden, mit einem der merkwürdigsten Männer unsrer Zeit Bekanntschaft zu machen; und welcher andere könnte dies sein, als *Epikur* selbst?

XXIX.
Glycera an Leontion.

Ich danke dir, meine eben so weise als schöne Freundin, für die Winke, die du mir giebst, und trage kein Bedenken, dir mein Inneres aufzuschließen. Es ist nicht seit gestern, daß die süße Täuschung der ersten Liebe, wie eine schöne Seifenblase, vor meinen Augen zerplatzte. Die Bezauberung, worin ich befangen war, ist ein sehr angenehmer Zustand; er überträfe sogar die Wonne der Götter deines Freundes Epikur, wenn er ewig dauern könnte. Es wäre der *Traum Endymions.* Aber es ist, dünkt mich, in der Ordnung der Natur, daß er die Jahre unsrer ersten Blüthe nicht überlebe. *Mich* wenigstens konnte Amor nur in seiner Kindesgestalt verführen. Als Jüngling mag er den meisten unsers Geschlechts am gefährlichsten sein; aber dann zerstört sein Feuer, sein Muthwille und seine Unbeständigkeit den Zauberring der Täuschung, und das, was übrig bleibt, hat wenig Werth in meinen Augen. Immerhin mag sich also Menander, dessen schwache Seite ich nur zu gut kenne, in den Reitzen der holden Nannion verfangen; ich werde dazu lächeln: aber schmerzlich würde ichs empfinden, wenn er aufhörte, der erste meiner Freunde zu sein. Denn das schönste aller Gefühle ist, für mich wenigstens, ächte Freundschaft zu einer Person, die uns einst mit dem Enthusiasmus der Liebe beseligte. Von Menandern bin ich gewiß, daß er mein Freund bleiben wird; aber daß er auch immerfort mit der Sorge für mich und meine ganze Sippschaft beladen bleibe, ist weder billig, noch seinen Umständen angemessen. Ich habe bereits, weniger aus Rücksicht auf Menandern, als aus einem Selbstgefühl, welches zu ersticken ich nicht vermögend bin, ansehnliche Anträge abgewiesen. Ich kann, wenn die eiserne Noth es gebietet, mich viel leichter auf die Bedürfnisse eines Diogenes einschränken, als mich zu Aufopferungen verstehen, die mir die Achtung gegen mich selber rauben würden. Aber meine Mutter?

meine Schwestern? – Und wenn die Letztern auch für sich selbst sorgen können, wer sorgt für das Alter der Erstern, die, seitdem wir uns zu Athen aufhalten, wieder an alle Bequemlichkeiten des Lebens gewöhnt worden ist? – Doch diese Sorgen dräuen noch von fern, und sollen uns den Genuß des gegenwärtigen Guten und den angenehmen Abend, den du mir in deiner und Epikurs Gesellschaft versprichst, nicht verkümmern.

XXX.
Glycera an Ebendieselbe.

Bald kann ich nicht mehr zweifeln, liebe Leontium, daß du Ursache hattest, mich auf eine neue Untreue des brennbarsten und flatterhaftesten aller Liebhaber vorzubereiten. Der arme Menander! er scheint wirklich von einem der feurigsten Pfeile, welche Nannion zu ganzen Büscheln aus ihren großen Augen wirft, mitten durch die Leber geschossen zu sein. Gestern erschien er ganz unerwartet, aber vermutlich von seinem Genius – *Dromion*, einem äußerst behenden und luchsaugigen Burschen benachrichtiget, daß Nannion allein bei mir sei. Das unverwandt auf sie geheftete, oder vielmehr ihren nie stillstehenden Augen immer folgende Späherauge des Menschen hättest du sehen sollen! Er sprach wenig; aber daß es in seinem Innern desto unruhiger zuging, war deutlich in seinem Gesichte zu lesen. Das wilde Mädchen, das vermuthlich nicht einmal bemerkt hatte, wie sehr sie seine Aufmerksamkeit beschäftigte, glaubte ihm einen Dienst zu erweisen, wenn sie ihren Besuch abkürzte. Aber das hatte sie nicht gut gemacht; er wurde tiefsinnig und einsylbig, sobald sie das Zimmer verlassen hatte. Ich mußte sehen, wie ich es anfing, um den langweiligen Menschen zu unterhalten. Du scheinst mir meine Nannion sehr aufmerksam betrachtet zu haben, sagte ich in einem muntern Ton. – Wie man eine Seltenheit zu betrachten pflegt, erwiederte er, indem er eine hastige Bewegung machte, um mir die Röthe zu verbergen, die sein Gesicht überzog. – Und wenn auch ein junger Mann, fuhr ich mit holdem Lächeln fort, zumal einer aus dem Gefolge des Bacchus und der Musen, ein Mädchen, wie Nannion, mit etwas mehr als bloßer Neugier betrachtete, wer könnt' es ihm übel nehmen? – Dies *mehr*, sagte er mit einem kleinen Nasenrümpfen, würde nicht sehr schmeichelhaft für sie sein, wenn er aus *meinen* Augen sähe. – »Die Liebe spielt zuweilen Versteckens mit uns, lieber Menander; du wärst nicht der erste, der sich in ein Mädchen verliebt hätte, das er anfangs häßlich fand. Ein häßliches Mädchen kann sehr liebenswürdig sein, zumal, wenn sie so prächtige Augen hat, wie Nannion« – Und eine so – Sokratische Nase, fiel er mit erzwungnem Spötteln ein – »Und einen so zierlichen Fuß« – Und so strotzende Lippen – »die, wenn sie sich öffnen, einem eine Doppelreihe kleiner Perlengleicher Zähne weisen; und wie viel Schönes hätte ich noch an ihr zu rühmen, wenn ich nicht voraussetzen könnte, daß einem so scharfen Beobachter, wie du, an einem so arglosen Mädchen schwerlich etwas davon entgangen ist!« – Du willst, wie ich sehe, mit aller Gewalt, daß ich mich in deine Nannion verlieben soll, sagte er lautlachend – »Das eben nicht, versetzte ich; aber was schon geschehen ist, muß ich mir ja wohl gefallen lassen, oder desto schlimmer für mich!«

Du siehst, liebe Leontion, daß ich ihm, durch die scherzhafte Wendung, die ich der Sache gab, Luft machen wollte, um sich wieder in Fassung zu setzen. Auch ermangelte er nicht, sich meine Gefälligkeit zu Nutz zu machen. Laß uns, sagte er, endlich aufhören, auf dieser schnarrenden Saite herumzuklimpern, Glycerion! Wer das Glück hat, von dir geliebt zu sein, bedarf keines *Moly**) gegen eine *Circe*, wie Nannion. – »Trotze nicht zu sehr, Menander! Du hast sie noch nicht tanzen sehen.« – Ich will sie gar nicht mehr sehen,

*) Ein aus der Odyssee bekanntes Zauberkraut, welches Ulysses zu Entkräftung der Zauberkräfte der Circe von Hermes empfing.

wenn es zu deiner Beruhigung nöthig ist, sagte er ziemlich hastig. – Gestehe, Leontion, dies war zu arg. Meine Galle regte sich. »Bin ich etwa unruhig? sagte ich, mit dem Lächeln der Verachtung; und ist es schon so weit mit dir gekommen, Menander, daß du nicht merkst, wie unartig das ist, was du mir da sagtest? Welch einen Blick lässest du mich in dein Inneres thun! Wer so viel zu verbergen hat, sollte nicht noch ein Fenster vor sein Herz machen.« – Er wurde verlegen und bitter, und mußte sich die größte Gewalt anthun, nicht auszubrechen. Ich fühlte, daß ich zu weit gegangen war, und ich suchte ihn mit aller Geduld, deren ich fähig bin, wieder zu besänftigen. Zum Glück kamen mir meine Mutter und meine Schwestern zu Hülfe. Seine Stirn klärte sich allmählich wieder auf. Er recitierte uns einige Scenen aus einer noch unvollendeten Komödie, und bei Tische, wo er (auf einen Wink, den ich Myrto gegeben hatte) sein Leibgerichte, und eine Flasche guten Thasier fand, wurde er sogar munter. Die

Meinigen sind noch so voll von Nannion, daß wir von nichts als von ihr reden konnten. Menander selbst mußte endlich in ihr Lob einstimmen, und nach dem dritten Becher gestand er sogar im Vertrauen, daß ihre kleine Sokratische Faunennase für ihn gerade das Gefährlichste an ihr sei. – Wenn du erst ihren Busen gesehen hättest, fuhr die kleine Melitta heraus. – Und wie bist *du* dazu gekommen, so viel zu wissen? sagte die Mutter – Hab ich nicht mit ihr gebadet? rief das Mädchen mit einem kindisch-schlauen Blick; o! wenn ich reden wollte – Still, kleine Schwätzerin! fiel ihr die Mutter in's Wort. Aber die Einbildungskraft unsers von Amor und Bacchus zugleich bestürmten Dichters war bereits im Feuer. Ich habe, sagte er, von den Gesichten, deren sich Melitta rühmt, nur sehr wenig gesehen, aber doch genug, um den Schwan der Leda zu einer neuen Verwandlung zu zwingen.

Mein Ungetreuer ist, wie du siehst, auf gutem Wege, deine Weissagung wahr zu machen. Sollt' ich mich darüber grämen? Ich gestehe dir vielmehr, ich freue mich, daß er mir einen so guten Vorwand giebt, der Komödie, die wir seit einiger Zeit spielen, ein Ende zu machen. Denn ich kenne nichts mühseligeres, als aus Schonung gegen den Andern Liebe heucheln zu müssen, wenn die Trunkenheit bei dem einen, und die Täuschung bei dem andern Theile schon lange aufgehört hat.

XXXI.
Menander an Dinias.

Ich bin den Grazien ein großes Söhnopfer, und der reitzenden Nannion eine reuvolle Palinodie schuldig, lieber Dinias. Ich habe sie tanzen sehen, und fühle, däucht mich, erst seitdem, was ein Paar gesunde Augen werth sind. Sie tanzte die Geschichte von *Theseus und Adriadne*, und – was kann ich dir davon sagen, als: komm je bälder je lieber zu uns herüber! denn bis du Nannion tanzen gesehen hast, hast du nichts gesehen. Wo soll ich anfangen, alle Lästerungen zu widerrufen, die ich gegen diesen Liebling der Terpsichore ausgestoßen? Schwatzte ich nicht von Häßlichkeit, von einer plumpen Bacchantin, von einem Faunengesicht? Wo hatte ich meine Sinnen? Daß wir doch von allem immer nach Vergleichungen urtheilen, und nichts mit seinem eignen Maße messen können! Müssen denn alle Mädchen *so* schlank wie Glycerion seyn, oder die Nase der Knidischen Venus haben? Ist die Lilie plump, weil sie nicht so niedlich wie das Maiblümchen ist? – Wisse also, Freund Dinias, daß du, um keinen Theil an meiner Versündigung zu nehmen, deine Vorstellung von Nannion gänzlich umändern mußt. Fürs erste ist sie, sobald sie sich im Tanz bewegt, alles andre eher als plump; man kann nichts geschmeidigers und gewandters, keinen leichtern und zierlichern Anstand, keine schönere Harmonie aller Glieder zu sehen verlangen. Der Blick vermag ihr kaum schnell genug zu folgen, und man wünscht sich alle hundert Augen des Argus, um alles, was sie auf einmal darstellt, zugleich auffassen zu können; denn etwas geht immer verloren, da es kaum möglich ist, auf die kraftvolle Sprache ihrer Augen und Gesichtszüge, und auf die eben so sprechenden Bewegungen ihrer Arme und Hände und übrigen Glieder zugleich scharf genug Acht zu geben, daß Einem Nichts entwische. Zweitens ist zwar nicht zu läugnen, daß ihre Züge weder regelmäßig, noch die meisten Theile ihres Gesichts, einzeln genommen, sehr schön genannt werden können; aber wenn *schön* ist, was gefällt, anzieht, bezaubert, in Entzücken setzt, so müßte *Momus* selbst gestehen, daß ihre Augen (für die ich kein Beiwort habe) einen so verschönernden Glanz über ihr Gesicht verbreiten, und mit einer solchen Gewalt über alle andere Theile zu herrschen scheinen, daß in einiger Entfernung alles Mißtönende verschwindet, und das Ganze ihres Gesichts mit einer Art von Schönheit überrascht, die gerade dadurch, daß sie Ei-

nem noch nie vorkam, eine weit größere Wirkung thut, als diese regelmäßigen Bildsäulengesichter, die man schon zehentausendmal gesehen zu haben glaubt, weil man ihresgleichen in allen Tempeln und Hallen und Gärten überall in Menge sieht. Aber noch mehr! Nannion hat sogar das Talent, der *Juno von Samos* und der *Venus des Alkamenes* ähnlich zu sehen, sobald sie will; denn ihre Züge haben eine so außerordentliche Regsamkeit und Beharrlichkeit zugleich, und gehorchen ihrem Willen so unbedingt, daß sie ihrem Gesicht unzählige Formen zu geben, und nicht nur alle Leidenschaften mit ihren leisesten Abstufungen und feinsten Mischungen, sondern sogar jeden Karakter, und beinahe jedes einzelne Gesicht, in gehörigem Abstand von den Zuschauern, bis zur Täuschung, darzustellen vermag.
Sie hat sich in dieser Kunst besonders geübt, und gab uns, als ich sie zum ersten Mal bei einem unsrer *Archonten* tanzen sah, eine Probe davon, die alle Anwesenden in Erstaunen und

Entzückung setzte. Sie verwandelte ihren Kopf in zehn oder zwölf ganz verschiedene Karakter-Köpfe, und zeigte uns in weniger als einer Viertelstunde die *Niobe*, die *Medusa*, die *Medea*, die *Pythia* auf dem heiligen Dreifuß, die Homerische *Andromacha*, die von ihrem Gemahl Abschied nimmt, die *Eurydice*, die in dem Augenblicke, da Orpheus sich nach ihr umsieht, von einer unsichtbaren Macht ins Schattenreich zurückgezogen wird, und mehrere Darstellungen dieser Art, mit einem Schein von Wahrheit, der die Wirkung der künstlichsten tragischen Larven weit hinter sich zurückläßt. Betrachte alles, was ich dir von diesem bewundernswürdigen Mädchen gesagt habe, als einen bloßen Schattenriß. Ich setze nichts weiter hinzu, weil am Ende von allen solchen Erscheinungen gilt, was Xenophon seinen *Sokrates* einem jungen Menschen, der die Schönheit der Hetäre Theodota *unbeschreiblich* nannte, antworten läßt: es bleibt uns also nichts übrig, als zu gehen, und sie in Augenschein zu nehmen.

Ich sehe dich die Achseln zucken, Dinias, und für mich und Glycerion wenig Gutes von dieser neuen Erscheinung ahnen. Aber sei unbesorgt. Nannion wird ihre Thür von so reichen Mitbewerbern belagert sehen, daß für deinen Menander wenig zu hoffen bleiben würde, wofern er das Unglück hätte, so vielen und seltnen Reitzungen zu unterliegen. – Und doch, gesetzt dies wäre wirklich der Fall, warum sollt' ich sogleich den Muth sinken lassen? Denke an *Lais und Diogenes.* Was sogar diesem Cyniker begegnete, warum sollt' es Menandern nicht auch begegnen können? Das Glück und die Liebe haben oft wunderliche Launen. Von Glycera besorge ich nichts. Sie ist zu sehr meine Freundin, als daß sie mir mißgönnen sollte, bei der ihrigen glücklich zu sein. – Doch davon ist noch nicht die Rede. Weil ich einer Künstlerin, wie Athen noch keine gesehen hat, bloße Gerechtigkeit widerfahren lasse, muß ich darum verliebt in sie sein?

XXXII.
Glycera an Leontion.

Seit zehn oder zwölf Tagen spielt Menander eine sonderbare Rolle, deren Sinn und Zweck ich mir nicht recht erklären kann, liebste Leontion. Vielleicht findest du den Schlüssel dazu. Er kommt tagtäglich ein- oder zweimal herbeigelaufen, um sich nach unser aller Wohlsein zu erkundigen. Sogar mein Schoßhündchen, Myrto's Ciperkatze und Melittions Goldfink liegen ihm am Herzen; er frägt nach uns allen mit großer Theilnehmung, sagt mir etwas verbindliches über mein Aussehen und meine gute Farbe, und verschwindet – seiner vielen dringenden Geschäfte wegen, eben so plötzlich wieder, als er gekommen war. Von Nannion ist keine Rede mehr, und wenn eine meiner Schwestern ihrer erwähnt, sollte man meinen, er höre zum erstenmal, daß eine Person dieses Namens in der Welt sei; und doch ist nichts gewisser, als daß er sie täglich besucht, und überall erscheint, wo er vermuthen kann sie anzutreffen. Bildet der eitle Mensch sich etwa ein, ich werde mir seine Untreue so tief zu Herzen nehmen, daß ich ein solches Linderungsmittel nöthig haben könnte?

Die gute Nannion ist aufrichtiger. Nach mehreren Tagen, daß sie sich nicht bei uns sehen ließ, erschien sie diesen Morgen zu einer Stunde, da sie mich sicher allein zu finden glaubte. Der erste schüchterne und beschämte Blick, den sie, statt ihn *auf* mich zu richten, *vor mir* niedersinken ließ, verrieth mir sogleich, warum sie gekommen war. Ich sah, daß ein Geheimniß sich mühsam in ihrer Brust herauf arbeitete; sie versuchte zu reden, aber der Athem versagte ihr, und um nicht zu ersticken, fand sie sich genöthigt unter dem Vorwand der Hitze des Tages (die gerade nicht sehr groß war) ihren Gürtel abzulegen. Das Mädchen dauerte mich, ich mußte ihr zu Hülfe kommen.

Du hast etwas auf deinem Herzen, Nannion?

»Leider! etwas sehr drückendes.«

Entledige dich dessen in den Busen einer Freundin, vor der du nie ein Geheimniß hattest.
»Es ist mir unmöglich.«
Warum unmöglich?
»Ich müßte in die Erde vor dir sinken, liebste Glycerion.«
Ah! Nun fang' ich an zu errathen. Da steckt gewiß *Menander* dahinter?
(Sie fuhr zusammen, und starrte vor sich auf den Boden hin.)
Gut, Nannion! Menander also –
»Liebt mich!« – flüsterte sie, nach einigem Zögern, mit kaum hörbarer Stimme.
Das ist nun eben kein großes Wunder! – Und du? Du liebst ihn natürlich wieder?
Sie wurde über und über roth, sah in ihren Busen, und schwieg.
Warum so zurückhaltend, liebe Nannion?
»Wie kann ich dir gestehen, daß ich ihn liebe?«
Ich sollte denken, Liebe zu einem Mann, wie Menander, dürfte man der ganzen Welt gestehen?

»Der ganzen Welt, nur *Dir* nicht, beste Glycerion! Ich schäme mich vor dir und mir selber, wenn ich denke, daß ich meiner Glycerion ihren Freund stehlen soll?«

Nur meinen ehmaligen Liebhaber, gutes Mädchen, nicht meinen Freund. Im Gegentheil, ich hoffe, du sollst ein neues Band sein, das unsere Freundschaft noch fester zusammen ziehen wird.

Sie breitete ihre schönen Arme um mich, und ließ den Kopf auf meinen Busen sinken. »O wie gut, wie liebenswürdig bist du, rief sie, wie kann Menander dir untreu werden!«

Sei ruhig, liebe Nannion! die Natur hat es nun einmal so geordnet. Die Freundschaft allein kann beständig sein. Die Liebe ist es nie, denn sie ist bloße Täuschung.

»Täuschung? – rief sie; nein, Glycerion, das fühl' ich zu stark, daß meine Liebe zu Menandern keine Täuschung ist!«

Und die seinige zu dir? Natürlich glaubst du, auch *sie* täusche dich nicht?

»Ich glaubte es; aber du hast einen schmerzlichen Zweifel in mir erregt! Wer *dich* liebte, von dir *wiedergeliebt* wurde, und dir untreu werden kann –«

Das ist ihm schon mehr als einmal begegnet –

»Du verwirrest mich immer mehr, Glycera.«

Es wird auch dir begegnen, gutes Mädchen. Unbeständigkeit und Untreue ist etwas, worauf du rechnen mußt, sobald du der Liebe eines Mannes Gehör giebst. In diesem Stück sind sie einander alle ähnlich.

»O wie wohl habe ich gethan, daß ich ihm meine Liebe noch nicht gestanden habe!«

Wie? Du hast ihm noch nicht gesagt, daß du ihn liebest?

»Das Wort war mir schon oft auf der Zunge, aber immer hielt es der Gedanke an dich zurück.«

Laß dich diesen Gedanken nicht mehr abhalten. Du liebst und wirst geliebt – denn ganz gewiß glaubt Menander in diesem Augenblick dich eben so wahr und innig und ewig zu lieben, als Du es glaubst. Macht einander glücklich! Dazu allein ist die Liebe da. Je länger, desto besser! Sie ist eine süße Frucht aus dem Garten der Götter, aber sie verzehrt sich im Genuß. Wer sich *lange* an ihr laben will, muß – sehr genügsam sein. Und doch – laß sie auch Jahre lang dauern, sie wird endlich aufgezehrt – oder man müßte sich, wie der weise *Plato* will, am *Anschauen* begnügen: was meines Wissens noch nie geschehen ist, wenn die Liebenden, wie ihr, frisches Blut hatten, Herren über sich selbst waren, und von keiner Pflicht gefesselt wurden.

»Du hast mich in eine seltsame Verwirrung der Gedanken geworfen, liebe Glycera. Ich werde alles wohl überlegen, wenn ich wieder allein bin. Aber –«

Menander wird kommen, und alle deine Überlegungen und Vorsätze mit seinem ersten Blick verschwinden machen. Ihr werdet die süße Götterfrucht so lange anschauen, bis ihr die Hand nach ihr ausstreckt – kurz, es wird euch ergehen, wie allen, die vor euch geliebt haben, und nach euch lieben werden. Aber ich will dir einen guten Rath mitgeben, meine Nannion. Es giebt eine *Kunst*, die Männer absichtlich zu *verführen*; es ist eine verächtliche Kunst, und die Natur hat reichlich dafür gesorgt, daß *Du* ihrer nicht bedarfst. Aber es giebt auch eine Kunst, sich die Liebe eines Mannes *lange zu erhalten* und diese ist eben so löblich als heilsam. Sie gleicht hierin der Kunst der Ärzte: Unsterblichkeit kann diese nicht geben; aber sie kann, in vielen Fällen wenigstens, das Leben länger erhalten, als es ohne sie dauern würde.

»Ich möchte diese Kunst wohl lernen, Glycerion –«

Sokrates theilte sie ehmals der schönen *Theodota* mit, und Xenophon, der dabei zugegen war, schrieb ihr Gespräch auf. Ich will diesen Unterricht, weil er sehr kurz gefaßt ist, für dich abschreiben, und du wirst wohl thun, wenn du ihn auswendig lernst, und fleißig darüber nachdenkst.

Nannion schied ziemlich getröstet von mir; und meine erste Beschäftigung war, es zu machen, wie Xenophon, und unsre Unterredung für meine Leontion von Wort zu Wort niederzuschreiben, weil ich gewiß bin, daß du dem gutartigen Mädchen auf immer hold dadurch werden wirst. Vielleicht hätte ich sie mit den bittern Wahrheiten, die ich ihr sagte, verschonen sollen, da sie doch zu nichts helfen werden. Aber dies ist es auch, womit ich mich tröste. Alles wird doch gerade so gehen, als ob ich meine Weisheit für mich behalten hätte. Denn es giebt nun einmal kein Mittel gegen die Liebe, als – sie selbst.

XXXIII.

Leontion an Glycera.

Du scheinst noch nicht so gleichgültig gegen deinen Ungetreuen zu sein, als du dich selbst überreden möchtest, liebe Glycerion, wenn dir sein Benehmen so räthselhaft vorkommt, als du sagst, wiewohl du es wirklich schon errathen hast. Freilich will Menander dich mit Schonung behandeln, dir den Schmerz über seine Untreue erträglicher machen, dir zeigen, daß er noch immer Antheil an dir nimmt; vielleicht auch sich selbst durch seine Augen überzeugen, ob er sich nicht zu viel schmeichle, wenn er glaubt, der Verlust eines Liebhabers, wie Er, müsse dir sehr nahe gehen. Wie sollte dich das wundern? Ist er nicht ein *Mann* und ein *Dichter*? Giebt es eitlere Geschöpfe unter der Sonne, als die Männer? und etwas eitleres unter den Männern, als die Dichter? – Daß deine Eigenliebe sich dadurch beleidigt fühlt, ist billig; dafür bist du ein Weib. Aber daß Menander in diesem allem aufrichtig ist, und daß Nannion, wie berauscht er auch von ihr sein mag, ihm deinen Verlust nicht ersetzen kann, dafür wollt' ich mich verbürgen, wenn du selbst daran zweifeln könntest. Bei allem dem ist das Mädchen so einzig in seiner Art, und vereinigt so vieles in sich, wogegen die Männer nicht aushalten können, daß leicht vorauszusehen war, die Weisheit unsers Freundes würde an dieser Sirenenklippe scheitern. Unerwarteter ist mir,

daß *er* einen so tiefen Eindruck auf Nannion gemacht hat. Und doch, im Grunde beweiset es weder mehr noch weniger, als daß beider Liebe von einerlei Art ist, nehmlich von derjenigen, bei welcher (wenn man einander wohl ins Auge gefaßt, und recht errathen hat) die wenigste Täuschung Statt findet. Die Natur thut dabei alles, und da sie gerade auf ihren Zweck losgeht, so kann eine Liebe dieser Art zwar sehr feurig und unaufhaltsam, aber ihrem Wesen nach, zumal auf Seiten des Liebhabers, von keiner langen Dauer sein.
Um so grausamer war es von dir, liebe Glycera, daß du dem guten Mädchen die Wonne der ersten Liebe so kaltblütig verkümmern konntest. Deinem eignen Geständniß nach versichert, daß deine Warnung zu nichts helfen werde, wie konntest du gegen eine dir so ergebene Jugendfreundin hartherzig genug sein, ihr, wie eine Unglück weissagende Krähe, das Ende ihres Glücks anzukünden, bevor sie noch die Erstlinge desselben gekostet hat? Unbekümmert, daß du sie dadurch einer der

größten Wohlthaten der Natur beraubst, die uns das Voraussehen der Zukunft versagte, weil es uns allen Genuß des Gegenwärtigen verbittern würde! Auch dies, liebste Freundin, bestätigt mich in meiner oben geäußerten Vermuthung. Aber ist es billig, daß die arglose Nannion für die Missethat eines andern büße? sie, die an den Begierden, die sie erregt, so unschuldig ist, als an ihren eignen, und sich durch den Sieg, den sie ohne ihr Verdienst über dich erhalten hat, so beschämt und gedemüthigt fühlt, als andere dadurch übermüthig würden. Mit Einem Wort, du hast dich an dem armen Mädchen schwer versündigt, und da ich dich zur Erkenntniß deines Unrechts gebracht zu haben glaube, so wirst du dich hoffentlich auch der Buße nicht entziehen wollen, die ich dir auflege, um die strenge *Nemesis* je bälder, je lieber zu versöhnen. Sie besteht in nichts geringerm, als mir deinen heutigen Abend aufzuopfern, von welcher Art auch die Einwendungen sein mögen, die du dagegen anzuführen haben könntest.

Um dir diese Buße, soviel an mir ist, zu erleichtern, habe ich dafür gesorgt, daß du, außer meiner Base Philänis, niemand bei mir finden wirst, als *Metrodoren* und seinen Freund *Hermotimus*, einen jungen Mann aus Mitylene, der vor einiger Zeit durch den Tod seines Vaters Herr eines großen Vermögens geworden ist, und sich einige Jahre zu Athen aufzuhalten gedenkt. Ich darf dir wohl im Vertrauen entdecken, daß es diesem Fremdling (der, im Vorbeigehen gesagt, ein sehr liebenswürdiger Mann ist) nichts weniger als gleichviel zu sein scheint, ob du meine Einladung annehmen wirst oder nicht. Er hat dein *Bild* bei Xanthippides gesehen; er hat auch, von dir unbemerkt, *dich selbst* schon mehr als Einmal von ferne angebetet, und von mir und Metrodor so viel von dir *gehört*, daß ich sein Verlangen, dich in der Nähe zu sehen, sehr natürlich finde. Besorge nichts von ihm für deine Ruhe. Er ist zwar dem Glauben an die *Unsterblichkeit der Liebe* sehr eifrig zugethan, scheint aber, nicht weniger als du selbst, überzeugt, daß sie, um dieses Vorrechts der Götter theilhaft zu werden, sich vom bloßen *Anschauen*, als dem wahren *Ambrosia der Liebenden*, nähren müsse. Kurz, er macht keinen andern Anspruch, als an das Glück, *dich anzuschauen*; und ich denke, wenn man einen hübschen Mann mit so Wenigem glücklich machen kann, so ist es beinahe Pflicht, sich dessen nicht zu weigern. Du wirst mich zweifach verbinden, wenn du deine Schwester Melitta mitbringst, um meine Gäste mit einer kleinen Musik bewirthen zu können.

XXXIV.
Glycera an Leontion.

Du bist viel zu scharfsichtig, liebste Leontion, um nicht zu merken, daß ihr beide, du und Metrodor, mit aller euerer Feinheit, die Schlinge, worin ihr mich zu fangen hofftet, nicht so unsichtbar weben konntet, daß ich nichts davon gewahr worden wäre. Ist Hermotimus, wie ich kaum zweifle, der dritte in euerem Komplott, so muß ich gestehen, daß er wenigstens eine sehr unschuldige Miene dazu macht, und die Rolle eines Liebhabers, von dem nichts zu besorgen ist, so gut zu spielen weiß, daß es ihm vielleicht durch diesen Kunstgriff hätte glücken können, deine Glycerion zu fangen, wenn sie nicht, durch die Erfahrung sowohl, als durch die erotische Philosophie ihrer Freundin Leontion selbst klüger geworden wäre, als sie war, da sie sich, noch halb ein Kind, in ihren eignen Blumengewinden verwickelte. So leicht als Menandern – das schwör' ich dir beim Genius des Weisen, in dessen Zaubergärten du mich eingeführt hast! – so leicht soll es euerm Freunde nicht werden! Mit hellen, offnen, unverblendeten Augen ist, denke ich, noch niemand in Liebe gefallen. Übrigens merke ich wohl, worauf euer Freund, der das Ansehen eines so ruhigen Zuschauers seiner eigenen Getriebe hat, sich zu verlassen scheint. Er glaubt *mich errathen zu haben.* Wenn er mich nur so *sicher* machen könne, denkt er, daß ich gegen seine Liebenswürdigkeit nicht auf meiner Huth sei, so werde sie schon von selbst wirken. Weißt du auch, Leontion, daß der Mann nicht so unrecht hat? Wenn es ihm auf irgend einem Wege gelingen könnte, so müßt' es auf diesem sein.

Ich hoffe dich diesen Abend bei mir zu sehen, wo nicht, so siehest du mich morgen, sobald die Sonne den Thau aufgeleckt hat, in deinem Garten. Denn ich kann es kaum erwarten, bis ich dir die schönen *Absagebriefe* vorgelesen habe, welche Menander und Glycera, – zwei durch ihre zärtliche Anhänglichkeit an einander einst in ganz Athen so berühmte Personen – auf eine vermuthlich ganz neue aber wirklich sympathetische Art – gegen einander ausgewechselt haben. Sie werden, wenn sie sich in den Archiven des Liebesgottes erhalten sollten, als ein redender Beweis, wie viel man sich auf die *Unsterblichkeit* der *Liebe*, die sich *nicht* vom bloßen Anschauen nährt, zu verlassen habe, der späten Nachwelt noch von einigem Nutzen sein können. Menander hat sich mit seiner gewohnten – wie soll ichs nennen? Arglosigkeit oder edeln Unverschämtheit – aus der Sache gezogen. Du wirst es lustig finden, daß er so ehrlich gewesen ist, zu gestehen: »er habe erwartet, ich werde ihm seine Seitensprünge *immer* zu gut halten, und, während *er* jeder Versuchung unterliegt, ihm mit der zahmsten und gefälligsten Anhänglichkeit ewig zugethan bleiben: aber statt dessen habe er, zu seinem großen Erstaunen, die Entdeckung machen müssen, daß ich am Ende doch nur – ein Weib sei.« Wie? glaubt der närrische Mensch etwa, ich würde die vielen Beweise, daß er selbst nur ein Mann, wie alle andern, ist, geduldiger ertragen haben, wenn ich eine Göttin gewesen wäre? – Scherze immerhin über diese Nachwehen einer noch nicht völlig ausgeheilten Wunde, liebe Leontion! Menander hat Recht; ich bin doch nur ein Weib. Wie könnt' ich sonst empfindlich darüber sein, daß der Mann, von welchem ich geliebt zu sein wähnte, nicht Stärke genug hatte, gegen die Reitzungen einer Bacchis, einer Nannion, auszuhalten?

XXXV.
Menander an Dinias.

Als du vor mehr als sechs Jahren, bei Gelegenheit deiner Vermählung mit der edeln Kleariste, mich wegen meines vermeinten Weiberhasses schaltest, sagte ich dir zwischen Scherz und Ernst, wie das Mädchen beschaffen sein müßte, die meinen Flattersinn auf immer fesseln könnte. Nicht lange darauf glaubte ich diese Idee, die mir selbst, als ich sie dir mittheilte, ein bloßes Traumgebilde schien, in der reitzenden *Kränzehändlerin* von Sicyon verwirklicht zu sehen, und verliebte mich mit aller Schwärmerei, deren ich fähig bin in – das Geschöpf meiner Phantasie und meines Herzens. Erinnerst du dich noch, daß ich dir damals schrieb, das Schlimmste, was mir begegnen könnte, falls ich mich in meiner Erwartung getäuscht finden sollte, wäre, daß ich um eine Erfahrung reicher sein und mich in meiner bisherigen Denkart über die Weiber bestätigt finden würde? – Diese Erfahrung ist nun gemacht, lieber Dinias, und ich bedarf keiner neuen, um gänzlich überzeugt zu sein, daß alles, was in der Liebe über den Genuß der Sinne hinausgeht, eitel Zauberwerk und Selbsttäuschung ist. Aber wiederholte Erfahrungen haben mich auch belehrt, daß das letzte Ziel der Liebe ihr Grab ist. Seit ich dies sogar bei Glycera erfahren habe, wie könnt' ich länger an einer so alten, so bewährten, so allgemein anerkannten Wahrheit zweifeln? An wem die Schuld liege, ob an Glycera, oder an mir, oder an der guten Mutter Natur, die den Mann und das Weib so und nicht anders machte, mögen sie im *Lyceon*, oder in *Epikurs Gärten* aufs Reine bringen! Ich halte mich an die Sache selbst. Unläugbar war Glycera ein ungemein liebenswürdiges Mädchen. O daß sie nicht immer das liebliche, unbefangene, sich selbst unbekannte, alles nur ahnende, nur durch leises schüchternes Tasten sich wahr machende, anspruchlose, trauliche Kind bleiben konnte, das sie mit sechszehn Jahren war! – Thörichter Wunsch! und doch die einzige Bedingung, unter welcher der Zauber, womit sie mich umfangen hielt, ewig dauern konnte. – Ewig dauern, sagte ich? Sollte nicht auch dies bloße Einbildung sein? Es ist mehr als wahrscheinlich. Wenigstens begehre ich mich von dem Vorwurf der Liebe zur Veränderung nicht ganz freizusprechen. Eben derselbe Gegenstand, wie vollkommen er auch sein mag, immer gesehen, immer genossen, wird mir endlich gleichgültig; und, um mich fest zu halten, müßte das Weib, das ich liebe, alle Arten von Reitzungen, die unter das ganze Geschlecht vertheilt sind, in sich vereinigen und in ewiger Abwechselung nach und nach vor mir entfalten. Lache über meine Ungenügsamkeit so viel du willst, aber ehre meine Aufrichtigkeit; denn ich bin gewiß, daß ich aus der Seele aller Männer, dich selbst nicht ausgenommen, gesprochen habe. Und soll ich nun so einfältig treuherzig sein, den Weibern auf ihr Wort zu glauben, daß sie beständiger im Lieben seien, als wir? Das soll mir, beim Jupiter! keine weiß machen, nachdem mich die Erfahrung belehrt hat, daß ein Mädchen, das lauter Natur, Wahrheit und Gefühl war, – daß *Glycerion selbst* ihrer ersten Liebe ungetreu werden konnte.

Ungetreu? hör' ich dich ausrufen: hat sie denn einen Andern geliebt als dich? sich einem andern gegeben als dir? – Das sag' ich nicht, Dinias. Aber ist sie nicht ihren ersten Gesinnungen gegen mich, ihrem Versprechen immer dieselbe für mich zu bleiben und meiner kleinen Verirrungen wegen mich nicht weniger zu lieben, ungetreu worden? Ist sie immer das anspruchlose, zutrauliche Kind der Natur geblieben, das sie Anfangs war? und hat sie mir nicht mehr als Einen Beweis gegeben, daß sie von den gewöhnlichen Untugenden ihres Geschlechts, von Stolz, Eifersucht und Neigung, die Gewalt, die ihnen unsre Schwäche über uns giebt, zu mißbrauchen, nicht ganz frei ist? Hat sie sich nicht, zumal seitdem die Philosophin *Leontion* sich ihres Vertrauens bemächtigt, und ihr unvermerkt ihre eigene Denkart beigebracht hat, zu einem Selbstgefühl, einem Bewußtsein ihrer Liebenswürdigkeit erhoben, wovon an der kleinen Kränzehändlerin keine Spur zu sehen war? Es mag sein, daß von dem allen, ohne meine Verirrung mit der schönen Bacchis und neuerlich ohne meine Schwärmerei für die unwiderstehliche Nannion, vielleicht wenig oder nichts zum Vorschein gekommen wäre: aber hätte es jemals zum Vorschein kommen können, wenn es nicht da war? Doch das klingt ja, als ob ich, meine eigene Schuld zu erleichtern, *ihr* Vorwürfe machen wolle, und wozu bedürft' ich das? Gesteht sie nicht selbst, daß unsre Liebe im Grunde bloße Täuschung war? daß überhaupt alle Verhältnisse zwischen Mann und Weib, Kraft eines nothwendigen Naturgesetzes, auf wechselseitiger Täuschung beruhen? Meine Unbeständigkeit ist also durch sie selbst gerechtfertigt, und wir haben einander nichts vorzuwerfen; glücklich genug, wenn uns anstatt der Liebe, die mit unsern Schwüren davon geflogen ist, die Freundschaft bleibt, welcher es, weil sie an keine ausschließliche Vorrechte Anspruch macht, um so leichter wird, die Fehler und Schwachheiten des Freundes zu ertragen. Daß es beiden Theilen wenigstens nicht an gutem Willen fehle, einander diese Entschädigung zu gewähren, wirst du aus den angeschloßnen Abschriften der Absagebriefe ersehen, die zwischen uns gewechselt worden sind.

Ist es aber nicht sonderbar, daß unsre Sympathie sich sogar in dem Augenblick zeigen mußte, da wir uns von einander lossagten? Beide Briefe wurden, wie es scheint, in eben derselben Stunde geschrieben und abgeschickt. Unsre Briefträger begegnen einander auf halbem Wege. Eben gehe ich deinem Herrn diesen Brief zu bringen, sagt Glycerions Sklavin zu meinem Dromio. – Und ich diesen hier deiner jungen Frau, antwortet dieser. So könnten wir uns ja den halben Weg ersparen, und unsre Herrschaften bekämen ihre Briefe desto bälder, sagen Beide. Sie wechseln also die Briefe gegen einander aus, und wir erhalten Jedes den seinigen im nehmlichen Augenblick. Welcher Dichter hätte unserm *erotischen Drama* einen zierlichern Ausgang erfinden können?

Ich muß dir gestehen, Dinias, das unverhoffte Glück meinen Mitwerbern um die reitzende Nannion den Vorsprung abgewonnen zu haben, macht mich gegen die Trennung von Glycera unempfindlicher, als ich vielleicht sein sollte. Aber auch – welch ein Glück! – Ich sage dir nichts weiter, als daß mich sogar Jupiter darum beneiden würde, wenn die Zeiten nicht bei ihm vorüber wären, da ihn die Jo's, die Europen, die Kalisto's, die Leden und Antiopen zu so manchen nicht allzuanständigen Verwandlungen nöthigten. Wenn für die Olympier selbst endlich eine solche Zeit kommt, wär' es nicht thöricht von einem Sterblichen, wenn er eine Gelegenheit, wie diese, nicht bei ihrer fliegenden Locke faßte? Je gewisser ich (der bezaubernden Trunkenheit ungeachtet, womit das ahnungslose Mädchen sich seinen Gefühlen überläßt) voraussehen kann, daß mein Glück von keiner sehr langen Dauer sein wird, desto mehr liegt mir ob, dafür zu sorgen, daß ich mir, wenn diese Wonnetage vorüber sein werden, keinen Vorwurf machen müsse, auch nur einen Augenblick, dessen Genuß in meiner Gewalt war, leichtsinniger und undankbarer Weise verloren zu haben. Was kann ein Erdensohn mehr verlangen, als daß ihn das Andenken eines so hohen Lebensgenusses durch die ganze Zeit seines Daseins begleite?

XXXVI.
Menander an Glycera.

Mancherlei Erfahrungen, beste Glycera, hatten mich ehmals beinahe gewiß gemacht, daß ich nie eine Person deines Geschlechts finden würde, die alles in sich vereinigte, was mein Eigensinn von derjenigen forderte, an welche mein Herz sich auf ewig ergeben könnte. Ich sah *Dich*, und fühlte, oder glaubte zu fühlen, daß ich die Einzige, die dieses Wunder zu thun vermöchte, in *Dir* gefunden hätte. Lange dauerte der süße Wahn. Aber, da alle deine Reitze, alle deine Vorzüge, alle deine Tugenden, die Flatterhaftigkeit und Ungenügsamkeit meiner Sinnesart nicht bezwingen konnten: so sehe ich klar, daß die Magie der Liebe, so gut als alles andere Zauberwesen, bloße Täuschung, und die Gefühle des Augenblicks das einzige sind, was daran wahr und wirklich ist. Fern sei es von mir dir Vorwürfe zu machen, daß du meine ausschweifende Erwartung nicht ganz erfüllt hast; daß du bei allen deinen Vorzügen – mit Einem Wort – doch nur ein *Weib* bist. Warum solltest du nicht sein, wozu die Natur dich gemacht hat? Und wenn ich eigennützig genug war zu *wünschen*, daß du von jeder Schwachheit deines Geschlechts zu Gunsten der meinigen frei sein möchtest, was für ein Recht hatte ich es zu fordern?

Du hofftest, mich desto gewisser fesseln zukönnen,wenn du mich frei ließest; *ich* wähnte thörichter Weise, du würdest die naive Unbefangenheit, die holde bezaubernde Kindlichkeit von sechszehn Jahren, immer behalten, und, die reine Wahrheit zu gestehen, darauf allein gründete sich die ewige Liebe, die ich dir schwur. Die Erfahrung hat uns beiden die Augen geöffnet. Wir können uns selbst nicht länger täuschen. Eine neue Liebe hat meine Sinnen gefesselt; ich war überwunden, ehe ich daran denken konnte, Widerstand zu thun: auch diese Berauschung aus Amors vollstem Nektarbecher wird ein Ende nehmen. Ich sage mirs in den hellen Augenblikken der Besonnenheit selbst. Ich werde erwachen, und zu meiner Glycera, die in meiner Erinnerung doch immer die Einzige bleibt, zurückkehren wollen: aber werde ich *meine* Glycera in ihr wieder finden? – Es zu hoffen, wäre Wahnsinn. – Ich spreche mir also selbst mein Urtheil. Hältst du mich so, wie du mich nun kennest, deiner Achtung nicht unwürdig; kannst du meine Fehler ertragen, wie ein Freund die Fehler des Andern erträgt: so sei mein *Freund*, liebe Glycera! – Mich wird das lebhafteste Gefühl deines Werths, von der wärmsten Dankbarkeit erhöht, nur mit dem letzten Athemzug verlassen.

XXXVII.
Glycera an Menander.

Erschrick nicht beim Anblick der Handschrift dieses Briefs, Freund Menander! Du hast keine Vorwürfe von Glycera zu besorgen. Sie hat das Glück, dich zu lieben und von dir geliebt zu sein, lange genug genossen, um sich nicht beklagen zu dürfen, daß es der Unbeständigkeit aller menschlichen Dinge unterworfen ist. Weg mit den eiteln Wehklagen über die Täuschungen der Liebe! Meine Gesinnungen, meine Gefühle waren keine Täuschungen; ich hatte sie wirklich; es waren Blumen, die meinem eignen Boden entsproßen. Ich war selig in dem *Gedanken*, von Menandern geliebt zu sein, Menandern glücklich zu machen. Die Erinnerung an diese Wonnetage meiner ersten Jugend, an die Tage des unbedingten Glaubens an die Liebe, des sorglosen kindlichen Vertrauens, womit ich mich dem Geliebten hingab, der Unmöglichkeit eines Zweifels, ob es jemals anders werden könnte, sie verbreitet noch itzt ein liebliches Rosenlicht durch meine Seele. Ich habe nichts zu klagen, Menander; denn wenn ich mit dir deswegen hadern wollte, daß du ein *Mann* bist, und ich ein *Weib*, wär' ich nicht belachenswerth? Es hat der Natur nun einmal beliebt, zwei so ungleichartige Wesen, als Mann und Weib es sind, durch den Zauberring der Liebe auf längere oder kürzere Zeit an einander zu ketten. Zwei Wesen, die von keiner einzigen Sache in der Welt dieselbe Vorstellung haben, und keinen einzigen Augenblick dasselbe fühlen; die einander nie verstehen, nie begreifen, nie errathen können, und sich also unaufhörlich an einander irren müssen, – zwei solche Wesen so zusammenzustimmen, daß sie, indem jedes seine eigene Melodie spielt, beide ebendasselbe zu hören glauben, was kann wunderbarer sein? Wer wird läugnen wollen, daß hier eine seltsame Täuschung mit im Spiel sein müsse? Aber so ordnete es die Natur, und da sie ohne Zweifel ihre Ursachen dazu hatte, wie könnten wir begehren, daß es anders sein sollte? Ohne Täuschung läßt sich zwischen Weib und Mann kein Verhältniß denken; mehr oder weniger *Annäherung* ist alles, was wir uns versprechen dürfen, und daran läßt die *Freundschaft* sich genügen. Diese hast du um mich verdient, Menander, und diese hoffe ich auch um dich verdient zu haben. Was ich für dich fühlte, bevor wir uns persönlich kannten, durch alles, was ich dir seitdem zu danken habe, vermehrt, kann nur mit meinem Leben aufhören. Bloß die Zauberbinde, womit die Liebe unsre Augen umschlang, ist aufgelößt.

Ob die Schuld an dir, oder mir, oder an beiden liegt, verändert nichts an der Sache: denn wiewohl ich nie einen andern liebte, als dich, so läugne ich doch nicht, daß ich dich mit vieler Gemüthsruhe einer andern überlasse. Schmeichle dir also nicht, mein Freund, wenn deine neue Leidenschaft sich selbst verzehrt haben wird, daß du mich jemals bereit finden werdest, den Irrthum zu begünstigen, der dich Liebe und Begierde so leicht verwechseln läßt. Wie geschickt auch *Pothos* und *Himeros* die Gestalt ihres Bruders anzunehmen wissen mögen, *mich* werden sie in dieser Verkleidung nie wieder hintergehen.

XXXVIII.
Leontion an Glycera.

Ich begreife dich nicht, liebe Glycerion. Was für einen Beweggrund kannst du haben, unsern Freund *Hermotimus* auf so harte Proben zu stellen? – Du gestehst, daß du ihn liebenswürdig findest, und wie sollte auch ein Mann, der so viele Vorzüge, Wohlgestalt, ungeschwächte Jugend, reine Sitten, Sinn für alles Schöne, und Liebe der Musen, in sich vereinigt, und dem sogar der Reichthum, wegen des edeln Gebrauchs, den er davon macht, zum Verdienst angerechnet wird: wie sollte ein solcher Mann nicht liebenswürdig sein? Und welches Weib, das über sich selbst zu gebieten hat, würde sich durch die Art, wie du von ihm geliebt wirst, nicht geehrt finden? Wie selten ist an unsern Männern sein zarter Sinn für deinen innern Werth, für alles, was dich von unsern übrigen Schönen so sehr zu deinem Vortheil unterscheidet? Ohne blind und gefühllos für das reitzende Weib zu sein, ist es doch gewiß nicht, was du mit so vielen gemein hast, und worin du vielleicht von manchen übertroffen wirst, was ihn an dich fesselt. Du selbst kannst daran nicht zweifeln. Seine Liebe ist kein schwärmerisches Gebraus, keine sich selbst verzehrende Leidenschaft, (um dir einen Ausdruck aus deinem

letzten Brief an Menandern abzuborgen) sie trägt alle Merkmale einer reinen, von der Vernunft selbst gebilligten Zuneigung. Wenn man je der Liebe eines Mannes zutrauen konnte, daß sie von Selbsttäuschung frei sei, so ist es die seinige; und wenn je ein Weib hoffen durfte, treu und beständig geliebt zu werden, so darfst es Du. Daß du nicht gleichgültig gegen ihn bist, hast du mir selbst gestanden, und wie solltest Du, deren Augen so getreue Spiegel deines Innern sind, Du, in deren Gesicht jedermann alles, was in deinem Gemüth vorgeht, lesen kann, und deren ganze Person ein beständiger Wiederschein desselben zu sein scheint: wie wolltest du die Gewalt verbergen können, die du dir anthun mußt, dich den Bewegungen deines Herzens nicht zu überlassen?
Wozu also, um aller Grazien willen! dieser Zwang, der für Ihn peinvoll ist, und Dir schwerlich Vergnügen machen kann? Was kann dich abhalten, deine Lippen bekräftigen zu lassen, was ihm deine Augen schon so

oft verrathen haben? Und wozu vollends das sich selbst Widersprechende in deinem Betragen gegen ihn? In Gesellschaft zeichnest du ihn geflissentlich vor allen andern aus, und begegnest ihm mit einer Achtung, Gefälligkeit und Anmuth, die ihn nothwendig immer mehr an dich fesseln muß: sobald du dich mit ihm allein siehest, wirst du entweder einsylbig, oder kränkest ihn durch den leichtsinnigen ironischen Ton, womit du über seine Liebe scherzest. – Verzeih Ihm, daß er nach langem Dulden und Schweigen sich endlich den Trost nicht länger versagen konnte, seine Klagen dem Busen einer gemeinschaftlichen Freundin zu vertrauen. – Noch Einmal, liebe Glycera, wie soll ich mir dieses Benehmen erklären? Solltest du dich wohl gar *ungern* von den Vorzügen des Hermotimus gerührt fühlen? Sollte Menander, ohne daß du es dir selbst gestehen willst, noch in deinem Herzen herrschen? Solltest du schwach genug sein, dich auf den möglichen Fall aufzusparen, daß Sattheit und Langweile ihn wieder zu dir zurückführen könnten? Siehe zu welchem Gedanken du mich nöthigest! Ich weiß, daß ich dir dadurch Unrecht thue, und sehe doch keinen andern Weg, mir dein Betragen gegen einen Mann begreiflich zu machen, der, das Einzige ausgenommen, daß er keine Komödien schreibt, Menandern in allen andern Stücken hinter sich läßt, und von dem du nie zu besorgen hast, daß er dich einer Nannion aufopfern werde. Indessen ist es sehr wahrscheinlich, daß es dich, so wie die Sachen zwischen deinem Ungetreuen und dieser holden *Faunin* stehen, nur einen Wink kosten würde, um ihn wieder zu deinen Füßen zu sehen. Die Umstände haben sich, Dank der Klugheit der alten Base, und der grenzenlosen Gutherzigkeit der Nichte, seitdem diese an dem Hochzeitfeste der Tochter des ersten Archon ihre Künste ausgelegt hat, gar sehr geändert. Es haben sich so viele kauflustige Kunstfreunde hervorgethan, daß die Alte, um soviel möglich keinen ganz unbefriedigt zu lassen, nöthig befunden hat, eine festgesetzte Taxe für den ausschließlichen Besitz der Künstlerin auf bestimmte Zeiten, unter der Hand bekannt zu machen. Zehen Tage werden ein gemeines attisches Talent, ein Monat deren fünf, aber ein ganzes Vierteljahr nicht weniger als fünf und zwanzig Talente kosten. Die schlaue Alte hat bei dieser dem ersten Anschein nach verhältnißwidrigen Taxe sehr richtig auf die Narrheit unsrer jungen Krösussöhne gerechnet. Xanthippides, der sichs nun einmal in den Kopf gesetzt hat, in allen Arten von Thorheit unübertrefflich zu sein, hat sein bestes Landgut in Lemnos verkauft, um sich des Alleinbesitzes dieses Kleinods für die nächsten drei Sommermonate zu versichern. Du siehst, daß unserm Dichter bei so bewandten Umständen nichts, als ein schöner Rückzug übrig blieb. Auch hat er, schon ein paar Tage bevor der Handel mit Xanthippides völlig abgeschlossen worden war, seinen Freunden zu erkennen gegeben, daß er, der Grundlehre des *Lyceums* und des Wahlspruchs des weisen *Chilon* eingedenk, den Augenblick der Übersättigung nicht abwarten wolle, und daher den Platz, den ihm Amor unentgeltlich verschafft habe, dem *Plutus* mit Vergnügen überlasse. Die Wahrheit ist, daß der gute Menander, den ich gestern zufällig bei Metrodoren antraf, in den letzten drei Wochen um dreizehn Jahre älter geworden scheint; und wenn er zugleich um zwanzig oder dreißig weiser geworden ist, so möcht' er noch Ursache haben, mit seinem Schicksal zufrieden zu sein. Auf jeden Fall traue ich weder Ihm soviel Unverschämtheit zu, sich wieder bei dir einschleichen zu wollen, noch Dir ein solches Übermaß von Gutherzigkeit, daß du dich verbunden halten solltest, ihn dafür zu entschädigen, daß er den reichsten Gecken in Attika nicht überbieten konnte. Ich bitte dich also, liebe Glycera, die Nachrichten, die ich dir von deinem alten Freunde mitgeteilt habe, blos als einen Beweis aufzunehmen, daß er noch nicht so tief in meiner Achtung gesunken ist, daß ich ihn unserer Aufmerksamkeit unwürdig halten sollte.

XXXIX.
Glycera an Leontion.

Du strafst mich beinahe gar zu streng dafür, liebe Leontion, daß ich dich nicht tief genug in meine *Seele* habe blicken lassen, um auch das zu sehen, was du in meinen *Augen* nicht lesen konntest, wenn sie auch die Tugend wirklich besäßen, die du an ihnen rühmst. Ich würde *mir* deine Vorwürfe und Spöttereien, *Dir* vielleicht eine kleine Reue dadurch erspart haben: denn eine solche Züchtigung habe ich schwerlich verdient. Doch, du bist zu liebenswürdig, als daß du nöthig hättest, es immer so scharf mit dir selbst zu nehmen – und zum Beweis, daß ich dir aufrichtig verzeihe, will ich dir mit allem Vertrauen, wozu du von deiner Glycera berechtigt bist, das Innerste meines Herzens aufschließen, und dir dann das Urtheil überlassen, in wie weit mein Betragen gegen Hermotimus dadurch gerechtfertigt werde oder nicht.

Daß ich nichts weniger als gleichgültig gegen

ihn bin, begehre ich so wenig zu läugnen, daß ich dir vielmehr gestehe, Hermotimus ist in gewissem Sinn *meine erste Liebe.* Dieses Geständniß, liebe Leontion, kann dich nicht stärker überraschen, als die Entdeckung des wahren Zustandes meines Herzens mich selbst überraschte. Wie war es möglich, daß ich das, was ich für Menandern fühlte, mehrere Jahre lang für *Liebe* halten konnte? Und, was noch seltsamer ist, wie konnte Menander, der in erotischen Sachen nur zu wohl erfahren ist, sich selbst so sehr hintergehen, daß er der Gegenstand meiner ersten Liebe zu sein glaubte, und es doch nicht war? Höre mich, und alles soll dir, denke ich, ziemlich begreiflich werden.

Ich war, wenn meiner Mutter zu glauben ist, von der Wiege an ein sehr lebhaftes, aufmerksames und an allem theilnehmendes Kind. Man glaubte, daß Etwas aus mir zu machen wäre, und der Zufall fügte es, daß Menander, ohne sein Wissen und Wollen, das hauptsächlichste Werkzeug meiner Bildung wurde. Ich war noch ein Kind, als ich meinen Vater verlor. Ein Oheim meiner Mutter, der den größten Theil seines Lebens auf dem Lande mit Verwaltung seiner nicht unbeträchtlichen Güter zugebracht, hatte diese kurz vor dem Tode meines Vaters seinem Sohn übergeben und sich nach Sicyon zurückgezogen, um den Rest seines Lebens im Schoß der Familie seiner Schwester zuzubringen. Ich wurde sein Liebling, und er machte sich einen Zeitvertreib daraus, mich lesen und schreiben zu lehren. Ich mochte etwa zwölf Jahre haben, als er das Gesicht verlor. Nun war es an mir, ihm für die Mühe, die er sich mit mir gegeben, meine Dankbarkeit zu beweisen, und ich wurde seine Vorleserin. Er besaß eine ziemlich große Sammlung der meisten Dichter der neuen Komödie, welche zu seiner Zeit zu blühen angefangen hatte. Diese mußte ich ihm alle nach und nach vorlesen, und so wurde ich mit den Werken des Alexis, Philemon, Menander, und verschiedener Anderer bekannt; und der alte Großoheim unterließ nicht, mich auf das, was an jedem vorzüglich zu loben oder zu tadeln war, aufmerksam zu machen. Je mehr mein Gefühl für das Schöne sich entwickelte und verfeinerte, desto mehr Gefallen fand ich an den Stücken Menanders; ich wurde nicht müde, sie für mich selbst wieder zu lesen, und las sie so oft, daß ich in kurzer Zeit die meisten auswendig wußte. In meinem vierzehnten Jahre verloren wir auch den alten Oheim, der bisher unsre einzige Stütze gewesen war. Da er eines so schnellen Todes starb, war es glücklich für uns, daß sich ein Testament vorfand, worin er, auf den Fall daß sein Sohn ohne gesetzmäßige Leibeserben die Welt verlassen sollte, meine Mutter und seine Vorleserin zu Erben seiner Güter einsetzte, inzwischen aber uns sein Haus in Sicyon mit einer kleinen Rente vermachte, die jedoch zu unserm Unterhalt nicht zureichte. Das übrige meiner Geschichte und die sonderbare Art, wie ich in ein näheres Verhältniß mit Menandern kam, ist dir bekannt. Ich stand in meinem sechszehnten Jahr, als wir nach Athen zogen, und du wirst mir gern zugeben, daß ein Mädchen in diesem Alter mit der Weisheit, die sie aus Milesischen Mährchen und Komödien geschöpft hat, nicht weit reicht. War es Wunder, daß ein unerfahrnes, mit seinem eigenen Herzen noch unbekanntes, aber lebhaftes, gefühlvolles junges Geschöpf, in dessen Augen der Mann, der so schöne Komödien schrieb, der Erste aller Menschen war, geblendet und unendlich geschmeichelt von dem unverhofften Glück, der Liebling dieses Mannes zu sein, sich die verworrenen Gefühle ihres Herzens nicht klar zu machen, und nicht jedem seinen rechten Namen zu geben wußte? Woher hätte ich den Scharfblick nehmen sollen, den Antheil, den jugendliche Eitelkeit auf der einen und Dankbarkeit und Hochachtung auf der andern Seite an meinen Gesinnungen für Menandern hatten, unterscheiden zu können? Man kann diese Gefühle und Gesinnungen *Liebe* nennen – wie vielerlei Liebe giebt es nicht? Aber daß es nicht *die* Liebe war, der dieser Name in der eigentlichsten Bedeutung zukommt, hätte ich, wenn man einen Begriff von ihr haben könnte, bevor man sie wirklich erfährt, schon aus der Gleichgültigkeit erkennen müssen, worin mich seine erste Untreue ließ. Ich hätte dir viel sonderbares hierüber zu sagen, wenn die Materie nicht so zarter und unberührbarer Art wäre, daß ich, um mich nicht länger dabei aufzuhalten, lieber voraussetze, du habest mich bereits verstanden. Übrigens läugne ich nicht, daß ich eine geraume Zeit mehr als bloße Freundschaft für Menandern fühlte; aber gerade dieses *Mehr* war Täuschung. Was mich betrog, war nicht mein Herz; unser Herz kann uns, glaube ich, nie betrügen; sondern die übereilte Wahl des Gegenstandes, die eine Folge meiner Unerfahrenheit und Dumpfheit war, und mich meine schönsten und zartesten Empfindungen an einen Mann heften ließ, der sie weder zu schätzen noch zu erwiedern wußte. Du erinnerst dich vielleicht bei dem Wort: Unerfahrenheit, daß in Athen die Rede ging: der

Mahler Pausias sei mein erster Liebhaber gewesen. Vielleicht glaubte man, das Bild, wodurch ich so berühmt worden bin, würde ihm nicht so gut gelungen sein, wenn er nicht mit Liebe gemahlt hätte. Es ist nicht unmöglich, daß dies bei ihm der Fall war: aber was ich gewiß weiß, ist, daß er, außer der Erlaubniß mein Bild zu machen, sich keiner andern Gunst von mir zu rühmen hat.

Über meinen dermaligen Gemüthszustand werde ich dir itzt nur wenig sagen, weil er noch oft genug das Gespräch unsrer traulichsten Stunden sein wird. Seit sechs bis sieben Jahren haben mich Erfahrung und Nachdenken zum besonnensten Gefühl meiner Selbst gereift; ich werde alles gewahr, was in mir vorgeht, gebe mir von allem Rechenschaft, und glaube vor neuen Täuschungen ziemlich sicher zu sein. Wenn ich mir damit nicht zuviel schmeichle, so hab' ich es vornehmlich dir zu danken, meine Leontion. Denn du hast mir über die Natur der Liebe, und der verschiedenen Triebe, die sich zu ihr gesellen, die Augen geöffnet, und mich überzeugt, wie widersinnig die falsche Scham ist, die uns nicht erlauben will, wenigstens uns selbst zu gestehen, daß jeder Liebe zu einer gewissen Person ein allgemeines Bedürfniß, zu lieben, zum Grunde liegt. Fern sei es von mir, darüber zu erröthen, daß lieben und geliebt werden für mich eine Bedingung der Glückseligkeit ist. Aber um so mehr liegt mir daran, mich weder, wie beim ersten Mal, von einem Strom schwärmerischer Gefühle hinreissen zu lassen; noch, da ich itzt mit völliger Besonnenheit zu wählen fähig bin, mich in der Wahl des Gegenstandes zu irren. Hermotimus hat beides, meinen Verstand und mein Herz, auf seine Seite gebracht. Alles, was ich an ihm sehe, alles, was ich von ihm höre, seine Denkart, seine Sitten, sein ganzes Wesen flößt mir Hochachtung, Vertrauen und Zuneigung für ihn ein. Mir ist, so oft ich ihn sehe, ich höre eine Stimme in meinem Busen, die mir zuflüstre: der ist's! Wagte ichs, dieser Stimme zu gehorchen, ich würde ihm, bis zu den Garamanten und Indiern folgen; würde mich mit ihm auch in den beschränktesten Umständen glücklich fühlen; wäre fähig, alles für ihn zu thun und für ihn zu leiden. Aber bin ich gewiß, daß Er – wenigstens so viel es einem Manne möglich ist – ebendieselben Gesinnungen für mich hat? und sie *immer* haben wird? Wenn ich dir und mir selbst glaube, so wage ich nichts bei ihm; aber welches Weib darf sich schmeicheln, die Männer ergründet zu haben? Warum sollte ich mich übereilen? Und wie könnte Hermotimus es übel finden, daß ich ihn auf eine Probe setze, der ich mich selbst unterwerfe?

Aber, was ihn, wie es scheint, am meisten schmerzt, ist, daß ich, wenn wir uns *allein* befinden, entweder wenig rede, oder über seine Liebe scherze. Zu beidem könnte ich wohl eine Ursache haben, die ihn vielmehr erfreuen als betrüben sollte. Wenigstens ist meine Absicht nicht, ihn durch ein Benehmen zu kränken, wobei ich bloß auf meine eigene Sicherheit bedacht bin. Ich rede wenig, aus

Furcht zuviel zu sagen, und scherze, um nicht von seinem Ernst angesteckt zu werden. Wenn es aber auch bloße Laune von mir wäre, bei einer Verbindung auf das ganze Leben ist es nichts weniger als überflüssig, Versuche zu machen, wie viel man allenfalls von einander ertragen könne. Ich gestehe ihm das nehmliche Recht zu, und unterwerfe mich allen Proben, auf die er mich stellen will.

»Aber wozu (hör' ich dich sagen) so viele Proben, da du selbst gestehst, daß sein ganzes Wesen und Betragen dir Achtung und Zutrauen einflößt?« Ich muß bekennen, dies sieht einem Widerspruch mit mir selbst ähnlich; aber bin ich nicht vielmehr zu beklagen als zu schelten, daß ich mit allem meinem Zutrauen zu Hermotimus mich doch eines unvermerkten Einflusses meines allgemeinen Mißtrauens gegen die Männer nicht erwehren kann? – Und doch wär' es lächerlich, ihn dafür büßen zu lassen, daß er ein Mann ist. – Habe also, ich bitte dich, noch etwas Geduld mit mir, liebe Leontion. Eben darum, weil ich entschlossen bin, von dem Augenblick an, da ich mich ihm gegeben haben werde, alle seine Fehler mit der holdesten Sanftmuth zu ertragen: so liegt mir daran, sie erst alle zu kennen, damit ich mich nicht verbindlich mache, mehr zu tragen als ich vermag. Was du mir von Nannion meldest, übertrifft meine Erwartung, wiewohl zu vermuthen war, daß sie diesen Weg einschlagen würde; denn warum hätte ihre Base sie sonst nach Athen geführt? Auch sehe ich nicht, wie ein Mädchen von Nannions Schlage sehr zu tadeln sein könnte, wenn sie die überschwängliche Thorheit und Üppigkeit euerer reichen Wüstlinge benutzt, und einen so hohen Werth auf ihre Person und Kunst setzt, als sie kann. Ihr Marktpreis wird bald genug fallen, und es ist ein Glück für das wilde kurzsinnige Ding, daß sie eine Vormünderin hat, die in Zeiten auf die Sicherheit der Zukunft bedacht ist.

XL.
Glycera an Ebendieselbe.

Meine Mutter ist im Begriff, von meinen ältern Schwestern begleitet, nach Sicyon abzugehen, um die Erbschaft ihres Oheims, die uns gegen alles Vermuthen durch den Tod seines kinderlos gebliebenen Sohnes zugefallen ist, in Besitz zu nehmen. Ich werde mit meiner Schwester Melissa in Athen zurückbleiben, wofern du dich entschließen kannst, uns indessen als Kostgängerinnen anzunehmen, und uns irgend einen kleinen Winkel in deinem (so viel ich weiß) ziemlich geräumigen Gartenhause zu überlassen. Ich würde sehr betroffen sein, wenn du mich eine Fehlbitte thun ließest, und fürchte mich doch beinahe vor der Gewißheit, daß es *nicht* geschehen wird. Bin ich nicht ein widersinniges Geschöpf?

Noch etwas neues, liebe Leontion. Menander hat sich unvermuthet wieder bei uns sehen lassen. Mich dünkte nicht, daß er sich so sehr verändert habe, als du neulich sagtest; nur schien mirs, er schiele etwas stärker als ehmals. Übrigens spielte er eine sonderbare Rolle, und es fiel in die Augen, daß er, um seine Verlegenheit zu verbergen, eine Laune erkünsteln mußte, die ihm nicht recht natürlich saß. Anfangs sagte er mir sehr verbindliche Dinge, oder die es doch scheinen sollten: Ich wäre am Ende doch das einzige durchaus liebenswürdige Weib, das er kenne, und wenn er sich auch tausendmal von mir verirrte; sein Geschmack und sein Herz würden ihn doch immer zu mir zurückführen. Du kannst leicht denken, daß ich in meiner Antwort auf diese unziemliche Liebeserklärung die Ironie nicht sparte. Dies warf ihn auf einmal in eine ausgelassene Lustigkeit, die sich mit einem allgemeinen Ausfall auf unser ganzes Geschlecht endigte, wobei er so viel witzigtolles Zeug vorbrachte, daß man drei Aristophanische Komödien daraus hätte machen können. Aber unvermerkt wurde er wieder artiger, sagte mir allerlei Schönes über mein freundschaftliches Verhältniß mit dir und Metrodor, und fand zuletzt sogar Gelegenheit, mit der unbefangensten Miene auch etwas vom *Hermotimus* einfließen zu lassen, der das Ansehen habe, sich (wie er zu sagen beliebte) in der guten Gesellschaft, die in den Gärten Epikurs zu Hause sei, zu einem sehr liebenswürdigen Mann auszubilden. Endlich sagte er mir beim Abschied: Er schmeichle sich, ich würde nie aufhören, ihn als den wärmsten meiner Freunde zu betrachten, wiewohl er mir, so wie die Sachen ständen, keinen stärkern Beweis seiner hohen Achtung für mich zu geben wisse, als indem er sich einsweilen, wie eine Schnecke die ihre Hörner zu weit vorgestreckt, in sein Haus zurückziehe, und auf einige Zeit in Vergessenheit zu kommen suche, da er gestehen müsse, die öffentliche Aufmerksamkeit mehr beschäftiget zu haben, als seinem Ruhm zuträglich gewesen sei. Ich fand seinen Vorsatz sehr löblich; die Musen, sagte ich, würden ihn für die kleinen Opfer, die er ihnen zu bringen gedenke, reichlich entschädigen; und so schieden wir als alte gute Freunde von einander, und es ist mehr als wahrscheinlich, daß wir ihn vor Aufführung seiner nächsten Komödie nicht wieder sehen werden.

XLI.
Leontion an Glycera.

Ich bin vor Freude über die Nachricht, die du mir mitgetheilt hast, hoch aufgesprungen, liebste Glycera. Es werden bereits alle Anstalten zu deinem Empfang in meinem Häuschen, das zur Noth für ein Haus gelten kann, gemacht. Denn an soviel Raum, als wir nöthig haben, soll es uns nicht fehlen. Du kennst, denke ich, das Schlafzimmer mit dem artigen Kämmerchen, das die Aussicht auf den Garten hat, und ringsum von einem geschickten Lehrling des Pausias mit der Art von Blumenketten, die deine berühmten Kränze bei uns Mode gemacht haben, bemahlt ist. Dies ist für dich und die kleine Melitta bestimmt, und ich hoffe, du wirst dich wohl darin befinden. Meine beiden Nachbarn – die ich dir nicht zu nennen nöthig habe – nehmen an meiner Freude so lebhaften Antheil, daß ich, wenn ich nicht eine so gute Seele wäre, auf den Argwohn gerathen könnte, ihre Mitfreude sei nicht so ganz uneigennützig, als sie sich die Miene geben möchten. Mein Verlangen, dich bei mir zu haben, ist so ungeduldig, daß du, wenn du mich liebst, deinen Einzug so sehr als dir nur immer möglich ist, beschleunigen wirst.

XLII.
Menander an Dinias.

Wieder aus einem süßen Traum erwacht, Freund Dinias! Wenn *Endymion* in seinem langen Schlaf von solchen Träumen besucht wurde, so wird er sich bei dem, der ihn aufweckte, nicht sehr bedankt haben. Ich saß, wie *Tantalus*, an Jupiters Tafel, und schwelgte, gleich den Unsterblichen, in Nektar und Ambrosia. Aber es ist sehr zu besorgen, daß ich auch nun, da der Götterrausch verdünstet ist, zwischen Glycera, die ich um Nannions willen verscherzte, und Nannion, die mich dem Krösus Xanthippides aufopfert, mich wenig besser befinden werde, als Tantalus zwischen den köstlichen, zu ihm herabhangenden, Früchten, die er nicht erreichen kann, und dem frischen Wasser, das an seinen dürren Lippen vorbeifließt, ohne sie zu berühren. Die Erinnerung an den ehmaligen Genuß kann wohl den gegenwärtigen erhöhen, schärft hingegen auch das peinliche Gefühl, auf immer verloren zu haben was uns glücklich machte.

Doch, weg mit den albernen Klagen! Ich will nicht bedauert sein, Dinias! Ich bin um eine Menge goldner Erfahrungen reicher, und sobald der erste Schmerz des Verlusts verbraust sein wird, werde ich auch durch die bloße Erinnerung noch immer glücklicher sein, als zehentausendmal tausend andre im Gegenwärtigen sind. Unter allen Leidenschaften, die aus Pandorens Unglücksbüchse flogen, um die armen Sterblichen zu täuschen, zu necken und zu peinigen, kenne ich keine heillosere, niederträchtigere und hassenswürdigere als die *Reue*; und unter allen Arten von Reue die unsinnigste und lächerlichste wäre doch wohl, wenn ein Mensch sichs verdrießen lassen wollte, daß er glücklich war? – Wahr ists, so ganz unentgeltlich habe ich an der Göttertafel nicht geschmaußt. Alle meine Freunde behaupten, ich sei seit einigen Dekaden um zehen Jahre älter geworden. Wenn dem so wäre, so müßte es nur daher kommen, daß die Natur die Hastigkeit, womit der Überschwänglichglückliche die Zeit verschlingt, zum Maßstab genommen, und mir unvermerkt einzelne Tage und Nächte für Jahre angerechnet hätte. Indessen, falls es auch mit dem raschen Fortschritt meines Alters seine Richtigkeit hätte: so bedenke, daß ich dadurch um zehen Jahre *klüger* worden bin, und mich nun rühmen kann, daß Nannion (wenigstens so lange sie so hoch im Preise steht) nie wieder über meine Tugend siegen soll, wiewohl es in der That nicht an der letztern lag, daß ich die Sirene dem weisen Xanthippides abtreten mußte, der sie in den drei nächsten Monaten um bare fünf und zwanzig Talente für sich allein haben wird.

Ich bitte dich, bester Dinias, keine Moral über alle diese Geschichten! Sie springt so nackt und bloß von selbst daraus hervor, daß es ganz überflüssig wäre, sie mir noch, in Vernunftschlüsse eingekleidet und mit zierlichen Redensarten behangen, vorzuführen. Sei versichert, ich habe mir, seit ich meiner gewöhnlichen Besonnenheit wieder habhaft worden bin, alles Mögliche, was du mir sagen könntest, selbst gesagt; in manchen Stunden sogar mit Bitterkeit; und ich schwöre dir, daß mich dieser einzige Frühling in der Philosophie meines Meisters weiter vorwärts gebracht hat, als ich in allen zwei und dreißig Jahren meines Lebens gekommen bin. In ganzem

Ernst, Dinias, ich fühle, daß es hohe Zeit ist, von meinen Verirrungen zurückzukommen, und mich der Liebe der Musen, deren Zauber doch über allen andern geht, gänzlich und einzig zu ergeben. Sie sind freilich auch – Mädchen, so gut wie andere, und haben mich schon manchmal, unwürdigen Nebenbuhlern zu lieb, zurückgesetzt. Aber am Ende lag die Schuld doch nur an mir selbst, und ich habe nun gute Hoffnung, sobald ich ihnen mit allem Eifer, dessen ich fähig bin, dienen werde, wenn gleich nicht der einzige, doch der erste ihrer Günstlinge zu sein.

Die schöne Glycera – wirklich dermalen schöner und reitzender als je – hat, seit unserm letzten Abenteuer mit den Absagebriefen, die Eroberung eines ziemlich liebenswürdigen Lesbiers gemacht, und, zum Überfluß, noch von einem alten Großoheim so viel geerbt, daß sie allenfalls einer sorgenfreien Unabhängigkeit sicher ist. Ich denke aber, Hermotimus, (so nennt sich der Lesbier) der mir einer von den gemäßigten rechtlichen Erdensöhnen scheint, die zur Beharrlichkeit im Lieben ausdrücklich zugeschnitten sind, werde zuletzt doch den Sieg über ihre Bedenklichkeiten davon tragen, und so glücklich durch sie werden, als Menander es hätte sein können, wenn er – Hermotimus wäre.

NACHWORT

Menander und Glycerion ist eine der schönsten Liebesgeschichten in deutscher Sprache. Was macht den kleinen Roman dazu? Da ist einmal die Haltung seines Verfassers, der – siebzig Jahre alt – die Welt und ihre Bewohner mittlerweile ziemlich gut kannte und eben wußte, daß Männer und Frauen einander einerseits zwar nicht entbehren, andererseits aber nicht besonders gut verstehen können (wobei er entschieden der Meinung war, daß Frauen die Männer besser kennen als umgekehrt), der aber trotz seines Alters immer noch genügend Sympathie für diese Bewohner hegte – eine Sympathie, die er sich vielleicht darum nicht abgewöhnen mußte, weil sie auch in seiner Jugend nicht *zu* groß gewesen war. Dazu kommt, daß wer *Menander und Glycerion* liest, fühlen wird, wie hier ein kleiner Roman mit ebenso leichter wie kunstgewohnter Hand verfaßt worden ist. Man hat den Eindruck, um ein Gleichnis aus der Malerei zu nehmen, ein Meister, der lebenslang die Hand an vielen Formen und Formaten geübt hat, habe ein großes Ölgemälde vollendet und nun ein Aquarell wie nebenbei aufs Papier getuscht. Es hängt dann im Museum auch eher unbeachtet im Eck, aber wenn der Zufall es will, daß man ein bißchen länger stehenbleibt, möchte man sich gar nicht mehr davon trennen. Das voraufgegangene Ölgemälde ist im Falle Wielands der Roman *Aristipp und einige seiner Zeitgenossen* gewesen.

Geboren wurde Christoph Martin Wieland am 5. September 1733 in Oberholzheim bei Biberach als Sohn eines protestantischen Pfarrers. Er hatte Theologie studieren sollen, einigte sich aber mit seinem Vater auf ein Jurastudium in Tübingen. Er studiert aber nicht, sondern macht Verse; keine lyrischen Gedichte, sondern Lehrgedichte, Epen, »Moralische Briefe in Versen« und dergleichen. Proben schickt er nach Zürich zu Johann Jakob Bodmer, einem zu jener Zeit angesehenen Dichter und Kritiker. Der ist begeistert, hatte er sich doch zuvor mit Klopstock, der auch in Zürich gewesen war, überworfen, und erhofft sich nun einen wirklichen Musterschüler. Der verspricht Wieland auch zu sein, und es entstehen Werke, die er selbst als poetische Beiträge zur Theologie auffaßt, etwa ein *Gepryfter Abraham*. Bald aber macht er sich von Bodmers Einfluß frei, zieht nach Bern, heiratet dort beinahe, aber reist dann doch lieber Hals über Kopf in die Heimatstadt Biberach, wo man ihn zum Beamten macht. Dort vollzieht sich eine vollständige Wandlung in Wielands Stil. Es entstehen die *Comischen Erzählungen*, *Musarion* und *Idris*, elegante erotische Verserzählungen; er macht sich an die Übersetzung von Shakespeares Werken (die erste Inszenierung des *Sturm* in Deutschland führt Wieland im Obergeschoß eines Biberacher Schlachthofs auf); und er schreibt auch seinen ersten Roman, *Die Geschichte des Agathon*, der von Lessing als erster Roman begrüßt wird, dem wirklich Kunstcharakter zugesprochen werden kann, sowie den komischen Roman *Die Geschichte des Don Sylvio von Rosalva.*

Er heiratet eine Kaufmannstochter aus Augsburg. Vermittelnd war bei dieser Eheschließung Sophie LaRoche, geborene Gutermann, tätig, Wielands Cousine, in die er vor seiner Abreise nach Tübingen noch sehr verliebt gewesen war – aber er reiste ab, und sie nahm einen andern. Sie wird später selbst Schriftstellerin (ihr erster Roman, *Das Fräulein von Sternheim*, erscheint anonym mit Wieland als Herausgeber); ihre Enkelin Sophie Brentano ist im Jahre 1800 auf Wielands Landgut Oßmannstedt bei Weimar gestorben.

In Biberach lebt Wieland von 1760 bis 1769 und wird in dieser Zeit der bekannteste deutsche Schriftstel-

ler. Umstritten ist er vor allem wegen seiner angeblich unmoralischen Verserzählungen. 1769 wird er an die Universität Erfurt als Professor der Philosophie berufen. Damals gab es kein eigentliches Fach »Philosophie« – es handelte sich mehr um ein Studium generale: Anthropologie, Geschichte, Ästhetik, Logik. In Erfurt schrieb Wieland das komische Versepos *Der neue Amadis* und, unter anderem, den politischen Roman *Der goldne Spiegel*, und nicht zuletzt dieser Roman war die Ursache, weswegen die verwitwete Herzogin Anna Amalia Wieland von der Universität abwarb und als Erzieher ihres noch unmündigen Sohnes Karl August anstellte. Diese Stelle war für den vierzigjährigen Wieland ein Glücksfall. Er hatte sie drei Jahre inne, und sie trug ihm eine Pension ein, die es ihm ermöglichte, eine nur seinem Werk gewidmete Existenz zu führen.
Wieland ist aber nicht nur der Autor von Verserzählungen und Romanen und Übersetzer (nach Shakespeare kommen Horaz und Lukian dazu), sondern auch der Herausgeber einer von ihm in Weimar gegründeten literarischen Zeitschrift *Der Teutsche Merkur* (nach dem französischen Vorbild *Mercure de France*). In dieser Zeitschrift, die von 1774 bis 1789 erschien (ab 1790 bis 1810 als *Der Neue Teutsche Merkur*), ist er in den Jahren 1789-

1798 vor allem eines: politischer Journalist. Wieland erkennt in der Französischen Revolution genauer als die meisten seiner Zeitgenossen das weltgeschichtliche Ereignis und versorgt seine Leserschaft mit Informationen. Dabei ist er durchaus kein Parteigänger der Revolution wie manche seiner literarischen Kollegen, die sich dann, als es um den Kopf des Königs ging, schleunigst abwandten. Wieland ging es überhaupt nicht darum, »eine Meinung zu bilden«, wie man so sagt. Sein Ziel war, es seinem Publikum zu ermöglichen, sich eine eigene Meinung zu bilden. Und darum verfaßte er seine Kommentare zu den revolutionären Ereignissen oft in Form von Zwiegesprächen. Der eine der beiden Gesprächspartner war mehr oder weniger »dafür«, der andere mehr oder weniger »dagegen« – oder dem einen ging es in der französischen Politik längst zu weit, dem anderen nicht weit genug –, und am Ende des Gesprächs war durchaus keine Einigung erzielt. Man hatte nur gelernt, den Standpunkt des jeweils anderen zur Kenntnis zu nehmen, vielleicht sogar versuchsweise anzunehmen. Wielands Dialoge zur Französischen Revolution eine Schule der Toleranz zu nennen klingt fast zu matt. Eine Schule politischer Vernunft sind sie – und sind also auch bereits zu seinen Lebzeiten mißverstan-

den worden als Beiträge eines Autors, der mal-so-mal-so schreibt, wankelmütig ist.
Die Weitsichtigkeit des Beobachters der politischen Verhältnisse in Europa zeigt sich u.a. daran, daß er 1798 die Alleinherrschaft eines nichtadligen Militärs für die wahrscheinliche Lösung des französischen Problems hielt, genug von demokratischen Experimenten zu haben, aber keinen König zurückzuwünschen. Er nannte sogar einen Namen: Napoleon Bonaparte. Der war zu der Zeit ein erfolgreicher General in Italien, mehr aber nicht. Wegen dieser erstaunlichen Prophezeiung geriet Wieland bei einer englischen Zeitschrift, dem *St. James Chronicle*, in Verdacht, Angehöriger einer europaweiten Verschwörung zu Napoleons Gunsten gewesen zu sein. Als Napoleon dann in Weimar ist, kommt es auch zu einer Begegnung. Sonderlich beeindruckt hat sich Wieland nicht gezeigt.
Mit der Berufung Wielands an den Hof der Anna Amalia begann dieser das zu werden, was man später den »Musenhof« nennen sollte. Goethe folgte zwar der Einladung von Karl August, aber er folgte ihr in jene Stadt, in der der zu jener Zeit berühmteste Dichter Deutschlands bereits war. Dennoch – oder gerade deshalb? – fühlt sich Wieland von dem, was da in der Nachfolge Goethes in Weimar an

literarischer Kultur entstand, an den Rand gedrängt. Wieland war mit bereits Mitte 40 »ältere Generation«. Es gehört zur Geschichte von Wielands Werk, daß »die Jugend« immer wieder versucht hat, ihn zu bekämpfen. Das beginnt schon früh, in den 60er Jahren, bei den Klopstock-Verehrern des »Göttinger Hain«. Dort verbrennt man seine Bücher – tatsächlich die erste moderne Bücherverbrennung –, weil diese nicht christlich genug, nicht sittlich genug und nicht deutsch genug sind. Für die Gruppe, die dann später den Namen »Sturm und Drang« erhält, ist es Goethe, der eine Satire schreibt: *Götter, Helden und Wieland.* Sie erscheint anonym und, angeblich, gegen Goethes Willen, aber das Titelblatt verrät durch die Druckanordnung den Verfasser »*GÖT*ter *HE*lden und Wieland«. Hier erweist sich Wieland als der geschicktere Stratege. Er rezensiert die Schrift im *Teutschen Merkur* positiv. Sie zeige das Talent des jungen Dichters. Goethe ist wütend und wird noch ärgerlicher, als Wieland auch noch den *Götz von Berlichingen* lobt.

In der späteren Weimarer Zeit wird Wieland dann zur Zielscheibe der von Goethe und Schiller gemeinsam verfaßten sogenannten *Xenien*, Spottverse, oft flegelhafte und, was schlimmer ist, oft metrisch nicht eben gelungene, auf Figuren des literarischen Betriebes. Diese Angriffe treffen Wieland, und er sieht die späteren, dann aber wirklich ernsten Angriffe der Romantiker in dieser Tradition. Diese, angeführt von den Schlegel-Brüdern in ihrer Zeitschrift *Athenäum*, signalisieren einen wirklichen Epochenwechsel. Er geht etwa mit dem Jahrhundertwechsel zusammen. Die Zeit der deutschen Aufklärung, für die außer Wieland Namen wie Lessing oder Lichtenberg stehen, geht zu Ende. Man mag ihre Ideale nicht, wird wieder religiös, nicht die aufgeklärte Antike, sondern das Mittelalter ist die attraktive Zeit literarischen Bezugs. Kosmopolitische Einstellungen werden durch patriotische bis nationalistische ersetzt. Mit der französischen Besatzung kommen auch Franzosenhaß und Antisemitismus dazu (die bürgerliche Emanzipation der Juden wurde in Deutschland durch die französische Besatzung durchgesetzt).

Der Angriff der Schlegels bezieht sich auf Wielands angeblich mangelnde Originalität. Sie fordern in einer »Citatio edictalis« Autoren der Literaturgeschichte – Horaz, Shakespeare, Cervantes und andere – auf, sich zu melden, wenn sie meinen, Wieland habe sich bei ihnen bedient. Dies signalisiert einen Zeitbruch: Literatur hat in einer besonderen Weise modern zu sein. Damit wird eine Anforderung formuliert, die gleichzeitig eine Entlastung ist. Wenn, mit Harold Bloom, eine der Antriebskräfte literarischer Produktion ist, den Vorgänger zu übertreffen, so ist hier das Feld der Vorgänger entscheidend eingeschränkt. Es sind nurmehr diejenigen, die auf dem Buchmarkt konkurrieren. Die sind durch Originalität, durch frappierende Erfindung auszustechen, und ausgestochen ist schon der, der das Spiel so nicht mitspielen möchte. »Man macht mir den Vorwurf, ich sei *nicht originell.* Man sollte doch *finden* und *erfinden* unterscheiden. Was ist überhaupt der Stoff unserer Gedichte? Fast alles läßt sich bis auf die entfernteste Periode des Menschengeschlechts zurückführen. Woher nahmen die Mauren ihren Stoff des contes und fabliaux, woraus die Provencalpoesie und später die romantische Epopoe der Italiener hervorging? Woher nahm Homer seinen Stoff? Die Bearbeitung des Stoffs ist die wahre Erfindung. So habe ich den Agathon, die Musarion, den Idris *erfunden.*«

Die Angriffe der Romantiker sind literaturgeschichtlich folgenreich gewesen. Sie haben das Wieland-Bild des späten 19. Jahrhunderts geprägt, und dieses ist, wenigstens in der ersten Hälfte des

20. Jahrhunderts, ziemlich unverändert übernommen worden. Wieland sei von ausländischen, vor allem französischen Vorbildern abhängig gewesen, ein unernster, unchristlicher, undeutscher Autor, interessant allenfalls als Vorläufer derjenigen Besseren, die auf ihn gefolgt sind. Es ist die Wieland-Biographie Friedrich Sengles von 1948 und das Engagement Arno Schmidts für Wieland gewesen, was zu einer neuen Lektüre und zu einer Art nicht Wieder-, sondern Neuentdeckung Wielands geführt hat.

Obwohl Wielands Ansehen zu schwinden beginnt, bietet ihm ein junger Verleger, Georg Joachim Göschen, noch 1794 eine Gesamtausgabe seiner Werke an. Es ist die prächtigste Ausgabe, die bis zu diesem Zeitpunkt einem deutschen Schriftsteller gewidmet ist, Vorbild war die französische Ausgabe der Werke Voltaires. Die *Sämmtlichen Werke*, die Subskribenten haben von den USA bis St. Petersburg, erscheinen gleichzeitig in vier verschiedenen Formaten zu unterschiedlichen Preisen, um das zu jener Zeit sehr in Mode befindliche Raubdrucken unattraktiv zu machen. Dann erscheint in Österreich fast zeitgleich eine aufwendige Raubdruckausgabe. Doch der Verleger merkt bald, daß Wielands Popularität ihren Zenit überschritten hat. Der Absatz stockt; zu

Ende geführt wird nur die »wohlfeile«, gewissermaßen die Taschenbuchausgabe. Darum findet sich *Menander und Glycerion* (abgesehen von der Veröffentlichung als Einzelband) nur in dieser. Geschrieben wurde *Menander und Glycerion* auf dem von Wieland 1797 erworbenen Gut im Dorfe Oßmannstedt bei Weimar. Er erfüllt sich mit diesem Gutserwerb einen Lebenstraum. Auch wenn die erste Arbeit, an die sich Wieland macht, die Durchsicht seiner Jugendgedichte für die Supplemente der *Sämmtlichen Werke* ist, ist Oßmannstedt doch alles andere als der Sitz eines literarischen Pensionärs. Er übersetzt Xenophon, Aristophanes, Euripides, verfaßt die »Gespräche unter vier Augen«, Resumeés der Erfahrungen mit der Französischen Revolution (darin die »Prophezeiung« Napoleons) – vor allem schreibt er die beiden großen Altersromane *Agathodämon* und *Aristipp und einige seiner Zeitgenossen.*

Man kann Wielands Romane in drei Gruppen einteilen.[1] In der ersten Geschichte des *Agathon, Don Sylvio*, steht im Zentrum die Frage, wie sich Indi-

1 Für alle, die es genauer wissen wollen: Jan Philipp Reemtsma, Wielands Romane. Ein Überblick, in: Ders., Der Liebe Maskentanz. Aufsätze zum Werk Christoph Martin Wielands, Zürich 1999

viduen in bestimmten, wechselnden Lebensumständen verhalten. Im *Agathon* wird die fiktive Biographie eines Griechen erzählt, der sowohl Erfahrungen mit der athenischen Demokratie als auch solche am Hof des Dionys von Syrakus macht, der als idealistischer Schwärmer in Streitgesprächen mit dem materialistischen Philosophen Hippias mal besser mal schlechter besteht und der schließlich Liebesverhältnisse mit ganz unterschiedlichen Frauen eingeht. Die auch vom Autor explizit im Dialog mit dem Leser erörterte Frage ist: Wie wird sich einer, der mit diesen und jenen Anlagen ausgestattet ist und der nun eine Reihe von Erfahrungen gemacht hat, verhalten, wenn ihm das Folgende widerfährt? Wir wird ein solcher die Welt sehen? Sollen wir uns wundern, wenn er zu anderen Schlüssen kommt als einer, der andere Erfahrungen gemacht hat? Es sind erkenntnistheoretische und psychologische Fragen, die hier verhandelt werden, und im *Don Sylvio* geschieht dasselbe auf humoristische Weise. Angelehnt an den *Don Quijote*, der die Rittergeschichten für bare Münze nahm, erfindet uns Wieland einen jungen Mann, der die Feenmärchen zu ernst nimmt. Auch er hat einen Begleiter, der anders (realistischer meist, aber doch erstaunlicherweise nicht immer klüger) in die Welt

sieht. Wenn sie sich streiten, habe sie beide meist unrecht.
Die zweite, darauf folgende Gruppe stellt Fragen nach der Art und Weise, wie man leben soll. Im in Erfurt entstandenen *Sokrates mainomenos oder die Dialogen des Diogenes von Sinope* geht es um Kollisionen der individuellen Moral mit gesellschaftlichen Usancen; im *Goldnen Spiegel* um die Diskussion von Fragen staatlicher Verfassung, angemessener Wirtschafts-, Bildungs- und anderer Politik, sowie um den problematischen Einfluß der kirchlich oder sektenhaft verfaßten Religionen auf Staat und Gesellschaft. Eingekleidet ist das Räsonnieren über diese Fragen in ein Setting analog zu *1001 Nacht*. Ein Philosoph und eine Frau aus dem Harem eines Königs erzählen diesem vor dem Einschlafen die Geschichte des Reiches Scheschian und exemplarisch das Leben und die Werke guter, mittelguter und ausgesprochen schlechter Herrscher dieses Landes. Gelingt es, durch diese Erzählungen, den König zu einem besseren zu machen? Durchaus nicht. Es folgt die *Geschichte des weisen Danischmend*. Danischmend ist der Philosoph aus dem *Goldnen Spiegel*, der sich in der Verbannung wiederfindet, um in einem fernen Gebirgstal ein kleines Reich unverdorbener und guter Bürger her-

anzubilden. Auch damit wird er nicht erfolgreich sein. Die zweite Gruppe wird abgeschlossen durch die *Geschichte der Abderiten*. Darin geht es – im Gewand der Satire – um Möglichkeiten und Grenzen der Politik in Demokratien.
Aus diesen Stichworten kann leicht der Eindruck entstehen, Wielands Romane seien weniger das als vielmehr notdürftig in Erzähltes eingekleidete Abhandlungen. Das ist durchaus nicht der Fall. Wielands Romane sind spannend und vergnüglich zu lesen (allenfalls der *Goldne Spiegel* mag passagenweise etwas didaktisch geraten sein – aber dann läßt Wieland den König, dem die Geschichte Scheschians erzählt wird, gleich protestieren). Es ist gerade diese Eigenschaft, die dazu führte, daß man den oft sehr ernsten Hintergrund seiner Romane überlas – wenn man sie denn überhaupt noch las.
Die dritte und letzte Gruppe umfaßt drei Romane: *Peregrinus Proteus* und die oben erwähnten beiden in Oßmannstedt geschriebenen. Alle drei sind historische Romane und spielen in der Antike. Die beiden ersten wenden sich der Frage nach den Grundlagen unserer Kultur zu. Im Falle der ersten beiden in der Spätantike, der dritte in der klassischen, zur Sokrates-Zeit. Die beiden ersten widmen sich der Verbreitung des Christentums, die Wieland

»die größte Revolution aller Zeiten« nennt. *Peregrinus Proteus* rekonstruiert die Biographie eines Mannes, der Erfahrungen mit verschiedenen Philosophien und Religionen macht, auch mit dem Christentum. An ihm wird die Psychologie religiöser Schwärmerei deutlich gemacht. Der *Agathodämon* führt das Thema weiter, indem die allgemeinen historischen und politischen Voraussetzungen für den Aufstieg des Christentums analysiert werden.

Aristipp und einige seiner Zeitgenossen führt den Leser in die Zeit der griechischen Aufklärung. Gefragt wird nach den Umständen, unter denen die Atmosphäre aufgeklärter, auf Fragen der Lebensführung ausgerichtete Philosophie vor allem des Sokrates zur dogmatischen Lehrbuch-Philosophie Platons werden konnte. In allen drei Romanen reflektiert Wieland im Medium der Antike die Situation der Aufklärung in Europa. Kann es zu einem neuen Triumph von Religiosität und Dogmatismus kommen? Speziell der *Aristipp* ist so etwas wie ein Manifest der Aufklärung – geschrieben zu einer Zeit, als Wieland um die Fragilität dieses Projektes wußte. Der Roman ist beinahe mehr für die Nach- als für die Mitwelt geschrieben. Aber auch hier gilt: Wenn ich von einem »Manifest« spreche, so soll das nicht dazu verleiten, einen trockenen Traktat anzunehmen. Der Roman ist, wie dann später auch *Menander und Glycerion*, ein Briefroman, d. h., er besteht aus den Korrespondenzen seiner Hauptpersonen. Im *Aristipp* entfaltet Wieland ein Panorama mittelmeerischer Intellektualität, die Briefe kommen aus Athen und Nordgriechenland, aus Kleinasien, Nordafrika und Sizilien. Es geht nicht nur um philosophische Fragen, sondern auch um solche der Politik, der Kunst und Literatur – und, not least, der Liebe und Erotik. Es ist hier an der Stelle ein Wort über Wielands Frauengestalten zu sagen, das auch für *Menander und Glycerion* von Bedeutung ist. In *Götter, Helden und Wieland* hatte Goethe gespottet: »Was soll ich von eines Menschen Verstand denken, der in seinem vierzigsten Jahr ein gros Wercks und Wesens draus machen kann, und fünf, sechs Bücher voll schreiben, davon, dass ein Maidel mit kaltem Blut kann bey dreiy vier Kerls liegen, und sie der Reihe herum liebhaben. Und dass die Kerls sich drüber beleidigt finden und doch wieder anbissen.« Gemeint ist (wenn auch tendenziös entstellt) die Danae aus der zweiten, erweiterten Fassung der *Geschichte des Agathon* von 1773. Danae ist eine Hetäre und Schülerin der Aspasia (im Roman nach der historischen Wirklichkeit Le-

bensgefährtin des Perikles von Athen). Diese hat einige deutliche Ansichten zum Verhältnis der Geschlechter: »Die Männer haben aus einer angemaßten Machtvollkommenheit, für welche sie nicht den mindesten Titel aufweisen können, die ungerechteste Teilung mit uns gemacht, die sich denken läßt.« Und: »Nachdem sie alles getan was nur immer zu tun war, um uns des bloßen Gedankens einer Empörung gegen ihre unrechtmäßige Herrschaft unfähig zu machen, sind sie unedelmütig genug, unserer Schwäche, die ihr Werk ist, auch noch zu spotten; nennen uns das schwache Geschlecht, behandeln uns als solches; fordern zum Preis alles Unrechts, das wir von ihnen leiden, unsere Liebe.«
Über 20 Jahre später, im *Aristipp*, tritt eine Frau auf, Lais, die ähnlich, aber weit übers bloße Ressentiment hinaus argumentiert. Sie entwickelt aus etwas, das wir heute einen »radikalfeministischen Standpunkt« nennen könnten, eine eigene Lebensphilosophie und einen Lebensplan – der hier, mit all seinen Konsequenzen und allen Episoden, die sich aus ihm und den Schwierigkeiten, ihn zu leben, ergeben, nicht geschildert werden kann.[2] Zwi-

---

2 Man lese nach: Christoph Martin Wieland, Aristipp und einige seiner Zeitgenossen, Zürich 1993, oder Frankfurt/M. 1988. Für den Leser, der nur eben etwas mehr informiert sein möchte und sich das

schen Aspasia und der Danae gibt es eine ganze Reihe ebenso selbstbewußter, emanzipierter, individueller und (wollen wir es verschweigen?) schöner Frauen, erwähnt seien nur die Nurmahal des *Goldnen Spiegels*, die Musarion des Gedichtes *Musarion oder die Philosophie der Grazien* und die von Arno Schmidt zu Recht »unvergeßlich« genannte Diklea des *Peregrinus Proteus*. Und schließlich eben Lais, die zudem noch die Besonderheit nicht nur intellektueller Gleichberechtigung mit dem Titelhelden hat, sondern vor allem – und das scheint mir in der deutschen Literatur nicht nur jener Zeit fast einmalig zu sein – von der Romankonstruktion her mit ihm ästhetisch gleichberechtigt ist.

Aristipp und einige seiner Zeitgenossen ist, ich habe den Vergleich eingangs gebraucht, wie ein großes Gemälde – um noch einmal Arno Schmidt zu zitieren: »Von mehreren Schauplätzen her empfängt der Leser jeden Brief selbst; in immer erneuter Gegenwart; aus Kyrene und Athen spricht es zu ihm; schönste, kunstvoll sich entwickelnde Menschlichkeiten sind ins bedeutend Historische und Kul-

---

Vergnügen der Lektüre des Originals nicht gönnen mag: Jan Philipp Reemtsma, Das Buch vom Ich. Christoph Martin Wielands »Aristipp und einige seiner Zeitgenossen«, Zürich 1993 (dort das Kapitel »Lais«.)

turgeschichtliche gewoben.« Gleichwohl ist der *Aristipp* Fragment geblieben. Von (wahrscheinlich) fünf geplanten Büchern sind nur vier vollendet.

Im vierten Band ist der Tod sehr präsent. Vom wahrscheinlichen Tod der Lais ist die Rede, und der Leser wird von der schweren Krankheit der Frau Aristipps, Kleone, unterrichtet. Ein Besucher beobachtet sie in einer halbmondhellen Nacht: »Dieser Tage machte mich ein Zufall zum unbemerkten Zeugen einer Scene, die ein unauslöschliches Bild in meiner Seele zurückgelassen hat. Die Schönheit des Abends lockte mich bey halb vollem Mondschein in eine abgelegenere Gegend der Gärten, die das Landhaus, wo wir uns aufhalten, umkränzt. Unvermerkt führte mich ein schmaler Pfad in die Nähe eines kleinen von Cypressen und duftreichen Gebüschen eingeschloßnen, Moos bewachsnen Platzes. Selbst ungesehen, erblicke ich hier Kleonen, den Kopf auf den linken Arm gestützt, die Augen mit sanft traurigem Lächeln auf den Mond, der so eben über den Cypressen aufging, wie auf die Scene einer himmlischen Erscheinung geheftet. Ihr bis zu den Füßen herabgefloßnes Gewand, die Blässe ihres schönen Gesichts, und die kalte Marmorweiße ihres Arms, worauf sie sich stützte, das Unvermutete des Anblicks, und die schauerliche Stille des Orts, alles vereinigte sich meine Besonnenheit zu überraschen. Ich glaubte Kleonens Schatten zu sehen und schauderte zusammen; aber zu allem Glück blieb mir der unfreywillige Ausruf, der mir entfahren wollte, in der Kehle stecken. Eine heilige Ehrfurcht hielt mich in den Boden gewurzelt und band meine Zunge.«

Dieser Szene, die übrigens für den Wielandischen Stil gar nicht typisch ist, klingt sie doch ausgesprochen »romantisch«, vielleicht nach einem frühen Tieck oder nach Fouqué, mag ein wenig Oßmannstedtische Wirklichkeit zu Grunde gelegen haben. Im Jahre 1800 hielt sich dort, nachdem sie Wieland bereits zuvor mit ihrer Großmutter Sophie LaRoche, der Cousine und früh Angeschwärmten, besucht hatte, Sophie Brentano auf. Sie suchte dort Erholung von einer wohl unter nervenstrapazierenden Umständen gelösten Verlobung, und sie bewunderte Wieland sehr. Das letztere zum Ärger des Bruders Clemens. Auch der besucht Oßmannstedt und benimmt sich, wie es scheint, kalkuliert daneben. Daß Wieland die Contenance behält, ist ihm »ein Wunder, das ich mir durch nichts erklären kann, als daß dieses Transcendental-Ästhetische Ungethüm die unverdiente Ehre hat, ein Bruder ebendieser Sophie zu seyn«. Clemens mag seine

Schwester nicht bei Wieland sehen: »Aber wirklich Liebe, Du mußt geblendet sein; denn was itzt ein Herz und eine Seele bedarf, das kann er nicht geben, denn er ist am Zeitbedürfnis gescheitert.« So gerät dem angehenden Schriftsteller die Politik der Durchsetzung auf dem literarischen Markt auch zur familienpolitischen Maßnahme, ein sonderbar totalitärer Zug, der den Aufklärer Wieland fremd und hypermodern anmuten muß.
Sophie Brentano aber, die nicht nur die freundliche Zuwendung Wielands genießt (ein wenig, wie kann es anders sein, klatscht man in Weimar über diese Zuneigung des 67- zur 24jährigen), sondern auch intellektuell Anteil an seinem Werk nimmt – sich zum Beispiel besonders für die Figur der Lais interessiert – stirbt zu Oßmannstedt. Es ist ein Tod wie aus einem Buch der Zeit – »Nervenfieber« sagt man. Clemens Brentano an Savigny: »Sie wissen, daß Sophie bei Wieland im Wahnsinn gestorben ist.« Und so natürlich auch Dorothea Schlegel an August Wilhelm: »Der Schmerz hat ihm (Wieland) nur Gemeinplätze ablocken können, es war nicht ein individuelles Wort zu hören.« Sie wissen offenbar nicht, daß der Tod kein Anlaß ist, originell zu sein. Sie kennen auch nicht den Wert der konventionellen Form angesichts des Schmerzes.

Wieland bittet die zuständigen Stellen, Sophie Brentano auf seinem Grundstück begraben zu dürfen. Wenige Tage vor ihrem Tod hatte er noch gesagt: »Wenn die liebenswürdige Sofie Br. nicht wäre, so weiß ich nicht, was aus meinem allmählich verglühenden Lämpchen werden könnte. Mit der Lebens<u>lust</u> schwindet auch die Lebens<u>kraft</u>.« Er wartet nicht auf die Erlaubnis. Sie »ruht nun an einem stillen Plätzchen des durch sie geheiligten Gartens«.

Es mag Wieland die kränkelnde, schlaflose Sophie Brentano so in seinem Garten überrascht haben wie der oben Zitierte aus dem *Aristipp*-Roman die Kleone. Vielleicht spielt aber auch eine andere, überlieferte Begebenheit mit hinein. Wielands zeitweiliger Sekretär und Mitarbeiter in der Redaktion des *Neuen Teutschen Merkur*, Samuel Christoph Abraham Lütkemüller, hat in seinen Aufzeichnungen das Folgende aus den Augusttagen des Jahres 1801 überliefert: »Eines Nachmittags erblickte ich, beim Gang im Lustgehölz, an einem offenen mittlern Rasenplatz, Wieland und Sophie auf einer Bank, von Birkenzweigen überhängt. Er las aus einer Handschrift des ›Aristipp‹ ihr vor. Ich wich zurück, um nicht zu stören, glaubte nicht bemerkt worden zu seyn, und setzte mich auf eine Rasen-

bank unter säuselnden Fichten. Nicht lange, so kamen beide zu mir hergegangen. Ich stand auf und erwartete sie. ›Ei!‹, redete Wieland mich an, ›Sie haben uns vorhin belauscht. Warum kamen Sie nicht zu uns?‹ – ›Ich konnte nicht!‹ antwortete ich. – ›Sie konnten nicht? Und warum nicht?‹ – ›Sie lasen vor, und mir war, als wäre um Sie ein heiliger Kreis gezogen, der mich nicht durchlassen wollte.‹ – ›Empfanden Sie das wirklich so?‹ fragte Sophie. – ›Ja‹, erwiderte ich, ›und wenn Apoll mit allen Musen und Grazien da vor mir erschienen wäre, ich würde kaum mit so großer Ehrfurcht zurückgewichen seyn als vorhin.‹ – ›Nun‹, sprach Wieland, ›Ihres poetischen Gefühls wegen will ich Ihnen verzeihen, wenn's auch ein wenig zu stark gewesen seyn sollte.‹«
Daß Lütkemüller gleich Apoll und die Grazien einfallen, versteht sich, ist er doch bei Wieland. Aber der Ton, in den er verfällt, ist ganz Zeitgeist. Man sieht Wieland die Augenbrauen hochziehen: inszeniert sein Sekretär doch beinahe, was allenfalls in die Literatur gehört. Aber in der wohl etwa ein Jahr später geschriebenen Passage aus dem vierten Buch des *Aristipp* nimmt Wieland genau diesen Zeitgeistton auf – gewiß auch, aber bei weitem nicht nur eine Erinnerung an das exaltierte Benehmen

des Sekretärs, mehr noch eine ambivalente Geste des Respekts vor dem neuen Tone in der Literatur, für den eben auch Sophies Familie steht, einem Ton, der, wenn wohl gesetzt, von Wieland durchaus respektiert wurde, vor allem aber eine Erinnerung an die junge, frühverstorbene Sophie Brentano.

An die obige Szene anschließend schwärmte, nach Lütkemüllers Bericht, Sophie von den Schönheiten Oßmannstedts, und Lütkemüller konnte sich nicht enthalten, so zu sprechen: »Nach Jahrtausenden werden die gebildetsten und edelsten Menschen nach Weimar und Osmantinum wallfahrten wie unsere Zeitgenossen zu den heiligen Orten, wo die größten Geister des Alterthums weilten.« Worauf Wieland antwortete: »Kinder! wir müssen zu anderen Dingen eilen. Ihr ruft sonst die Nemesis über mich und Euch herbei!«

Ein Jahr nach Sophie Brentano stirbt Wielands Frau Anna Dorothea. 1803 verkauft Wieland das Gut Oßmannstedt und zieht wieder nach Weimar. Er komplettiert den Novellen-Zyklus *Das Hexameron von Rosenhain*, dann übersetzt und kommentiert er noch Ciceros Briefe. Wieland stirbt 1803. Auf seinen Wunsch wird er neben seiner Frau und Sophie Brentano in Oßmannstedt begraben. Über den Gräbern steht eine dreiseitige Pyramide mit dem von Wieland für diesen Zweck geschriebenen Distichon

Liebe und Freundschaft umschlang die
verwandten Seelen im Leben,
Und ihr Sterbliches deckt dieser
gemeinsame Stein.

Wer Oßmanstedt besucht, kann das Grab am Ilmufer besuchen, das der Fluß nicht – entgegen der von Eckermann aufgezeichneten Vorhersage Goethes – aus seinem Ufer gespült hat.

Menander und Glycerion ist noch auf Oßmannstedt geschrieben. Wollte man bloß den Inhalt des kleinen Romans wiedergeben, die »Story«, wenn man so will, müßte man gleich hinzusetzen, daß es die alltäglichste der Welt ist. Ein Prominenter – in diesem Falle ein Dichter – verliebt sich in ein hübsches und unerfahrenes Mädchen, und das Mädchen sich in ihn. Er ist ein Großstadtbürger und welterfahren, sie kommt vom Lande, ist allerdings nicht ungebildet, denn in der aktuellen Literatur kennt sie sich aus, und eigentlich (hier ist die Geschichte nicht mehr ganz so alltäglich) verliebt sie sich zuerst in seine Literatur. Es kommt, wie es kommen muß. Der Dichter Menander erweist sich als wenig resistent anderen weiblichen Verführungen gegenüber, ist aber andererseits ein Ausbund an Eifersucht, wenn seine Geliebte, Glycerion, einen andern auch nur zum Essen einlädt. Am Ende ist die Liebe kaputt. Glycerion ist klüger und nicht glücklicher, Menander so klug als wie zuvor.

Wielands Parteinahme für die weibliche Überlegenheit und größere Intelligenz in Liebesdingen ist eindeutig und auch aus anderen Büchern belegbar. Aber weder dieser Umstand noch die Story als solche lohnte den Neudruck dieses Romans. Es ist nicht das Was, sondern das Wie, dem Leserin und Leser ihre Aufmerksamkeit widmen sollten. Wie entsteht eine Desillusionierung und wie wird sie formuliert. Wie sieht es aus, wenn einer sich etwas vormacht und das im Brustton der Überzeugung. Wie erleben wir den Wandel eines Liebesverhältnisses, der selber noch gar nicht thematisiert wird, nur durch den Ton, in dem das Paar miteinander spricht. Denn wir können den beiden ja nicht in ihre Seelen sehen. Wieland nimmt nicht die Rolle des Autors ein, der Leser und Leserin über die inneren Zustände seiner Figuren auf dem laufenden hält. Es ist ein Briefroman. Wir lesen nur, was der Autor seine Figuren zu Papier bringen läßt. Wir haben nur die Außenseite des Geschehens vor Augen, nur das, was die Personen anderen mitteilen wollen. Und doch haben wir die ganze Geschichte, als hätten wir an ihr teil. Darin liegt die Virtuosität dieses kleinen Romans, geschrieben von einem Siebzigjährigen, doch alles andere als das, was man sich gewöhnlich unter einem Alterswerk vorstellt. Es sei denn, man bedächte, daß es eben ein Menschenleben braucht, um sich eine so sichere wie leichthändige Virtuosität zu erarbeiten.

Jan Philipp Reemtsma

Zu dieser Ausgabe

insel taschenbuch 2421: Christoph Martin Wieland, *Menander und Glycerion*. Ein Liebesroman in Briefen. Mit einem Nachwort von Jan Philipp Reemtsma. Der Text folgt der Ausgabe: C. M. Wielands Sämmtliche Werke, Band 39, bei Georg Joachim Göschen, Leipzig 1811. Erstveröffentlichung: 1804. Abdruck des Nachworts mit freundlicher Genehmigung von Jan Philipp Reemtsma.
Umschlagabbildung: Nicolas Poussin, *Acis und Galatea* (Ausschnitt). National Gallery of Ireland.

insel taschenbücher
im Großdruck
Eine Auswahl

Tschingis Aitmatow. Dshamilja. Erzählung
it 2323. 139 Seiten

Isabel Allende
- Das Geisterhaus. Roman
  it 2341. 740 Seiten
- Geschenk für eine Braut. Geschichten
  it 2384. 137 Seiten

Elizabeth von Arnim
- Elizabeth und ihr Garten. Roman
  it 2338. 216 Seiten
- Verzauberter April. Roman
  it 2346. 370 Seiten

Augustinus. Liebe und tu, was du willst
it 2382. 90 Seiten

Jane Austen. Verstand und Gefühl. Roman
Mit Illustrationen. it 2365. 618 Seiten

Emily Brontë. Die Sturmhöhe. Roman
it 2348. 598 Seiten

NF 53/1/3.00

insel taschenbücher
im Großdruck
Eine Auswahl

Annette von Droste-Hülshoff. Die Judenbuche. it 2405. 128 Seiten

Epiktet. Wege zum glücklichen Handeln
it 2359. 232 Seiten

Epikur. Philosophie der Freude
it 2390. 136 Seiten

Max Frisch. Homo faber. it 2344. 298 Seiten

Johann Wolfgang Goethe. Ob ich dich liebe weiß ich nicht. Liebesgedichte
it 2396. 175 Seiten

Hermann Hesse
- Eigensinn macht Spaß. Individuation und Anpassung. Ein Lesebuch
  it 2373. 275 Seiten
- Jedem Anfang wohnt ein Zauber inne Lebensstufen. Ein Lesebuch
  it 2357. 281 Seiten
- Mit der Reife wird man immer jünger Betrachtungen und Gedichte über das Alter. it 2311. 191 Seiten

NF 53/2/3.00

NF 53/3/3.00